Lourenço Cazarré

Devezenquandário
de Leila Rosa Canguçu

Ilustrações
Carolina Cochar Magalhães

Conforme a nova ortografia
1ª edição

SARAIVA Educação S.A.
Avenida das Nações Unidas, 7221 – Pinheiros
CEP 05425-902 – São Paulo – SP
Tel.: (0xx11) 4003-3061
www.editorasaraiva.com.br
atendimento@aticascipione.com.br

Copyright © Lourenço Cazarré, 2013

Gerente editorial: ROGÉRIO CARLOS GASTALDO DE OLIVEIRA
Editora: KANDY SGARBI SARAIVA
Coordenação e produção editorial: TODOTIPO EDITORIAL
Preparação de texto: MIRACI TAMARA CASTRO
Auxiliares de serviços editoriais: FLÁVIA ZAMBON e LAURA VECCHIOLI
Estagiária: GABRIELA DAMICO ZARANTONELLO
Suplemento de atividades: MIRACI TAMARA CASTRO
Coordenação de revisão: PEDRO CUNHA JR. e LILIAN SEMENICHIN
Revisão: ISABELA NORBERTO e ANA LUIZA CANDIDO
Produtor gráfico: ROGÉRIO STRELCIUC
Gerente de arte: NAIR DE MEDEIROS
Projeto gráfico: LEONARDO ORTIZ
Capa: LEONARDO ORTIZ e CAROLINA COCHAR MAGALHÃES

CIP-Brasil. Catalogação na publicação
Sindicato Nacional dos Editores de Livros, RJ

C379d

Cazarré, Lourenço, 1953-
Devezenquandário de Leila Rosa Canguçu / Lourenço Cazarré ; [ilustrações Carolina Cochar Magalhães]. - 1. ed. - São Paulo : Saraiva, 2013.
128 p. : il. ; 21 cm. (Jabuti)

ISBN 978-85-02-20567-3

1. Adolescência - Ficção infantojuvenil. 2. Literatura infantojuvenil brasileira I. Magalhães, Carolina Cochar. II. Título. III. Série.

	CDD: 028.5
13-02160	CDU: 087.5

7ª tiragem, 2022.

CL: 810251
CAE: 571432

Uma irmã com quem conversar

Anteontem, no meu aniversário de catorze anos, o pai me deu este computador.

— Basta de escrever à mão, Leila Rosa. O futuro chegou pra você.

Não é um computador ultramoderno, mas quebra o galho. Agora, vou continuar o devezenquandário, que escrevo faz muitos anos nuns cadernos desbeiçados.

Desde os dez anos tenho essa mania de escrever sobre as coisas que acontecem comigo. Mas nunca tive paciência de escrever todos os dias, só de vez em quando. Então, inventei a palavra: *devezenquandário*.

Bem, papai nunca falou assim claramente, mas eu sei... Ele gostaria que eu fosse jornalista como ele. Toda vez que tiro

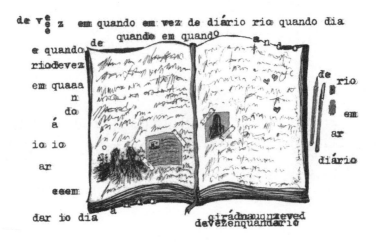

nota boa numa redação, ele vibra. Mas eu ainda não sei o que vou ser na vida, nem quero pensar nisso agora.

Depois dessas poucas linhas, já deu para ver que no computador é mais fácil escrever. Se a gente erra, pode corrigir em seguida.

Ontem papai me disse:

— Escreva um pouco todo dia, Leila Rosa. Você vai se familiarizando com o computador e aperfeiçoando o seu texto. Quando prestar o vestibular, já vai estar bem treinada pra fazer a redação.

— Calma, pai! Deixa de ser apressadinho, ainda me faltam uns mil anos pra chegar na universidade.

— Mas escrever ajuda a raciocinar! Quem escreve bem pensa melhor. Se você não sabe se expressar, como pode dizer o que está sentindo?

Neste novo devezenquandário, decidi que vou contar todas as coisas que acontecem com a minha família. Aqui em casa, todo dia, tem trapalhadas, confusões, brincadeiras, broncas, gargalhadas, auês e gritarias. É mais ou menos como acontece com todas as outras famílias, só que a minha é um pouco mais estranha e agitada.

Antes eu só escrevia sobre o que acontecia comigo. Eu fiz isso, eu imaginei aquilo. Uma chatice!

Ontem deu no noticiário da tevê que um bom método para ajudar a escrever é imaginar que a gente está falando com outra pessoa. Então resolvi que vou ter uma irmã imaginária.

Faz de conta que, de repente, do nada, aparece uma menina na minha frente e pergunta:

– Quem é você?

Eu me volto para o teclado e escrevo:

– Eu sou Leila Rosa.

– Que nome mais estranho!

– Leila quem escolheu foi o pai. Era uma artista, a primeira mulher a botar um biquíni quando estava grávida. Ele achou aquilo legal. Rosa era o nome da minha bisavó materna, que morreu com vinte anos. Foi o nome escolhido pela mamãe... E você, quem é?

– Sou Fulana, sua irmã gêmea. Fui roubada da sala de parto. Mamãe estava anestesiada, nem soube que havia tido gêmeas. Aí, me levaram pra outra cidade, onde eu fui criada por uma família horrível. Eu era uma espécie de Gata Borralheira. Todo santo dia me xingavam. E batiam muito em mim. Hoje, com peninha do meu sofrimento, a empregada de lá me deu o endereço de vocês e me mandou fugir. Estou aqui, querida irmã.

– Uau! Que baita surpresa!

A menina é igualzinha a mim mas tem a pele bem morena. Já eu sou branquela e sardenta.

– Desembucha, Leila Rosa. Tô doida pra saber tudo sobre você e sobre a nossa família.

– Estudo no oitavo ano e tenho dez professores...

– Garanto que uns dois ou três deles devem ser bem malas...

Continuo escrevendo:

– Não curto tirar notas baixas, mas também não gosto que me chamem de cê-dê-efe quando consigo um dez. Bem, eu nunca tirei dez em nada. O máximo que consegui, uma vez, foi um nove em Português.

– É isso aí, parceira! Nada irrita mais um professor que dar um dez. Se você tira um dez, acaba com o maior prazer deles, que é justamente ferrar a gente.

Paro e olho bem para a minha irmã gêmea. Ela é idêntica a mim: no corpo, no rosto e nos gestos. Como eu, ela pesa uns sessenta quilos e deve ter mais ou menos um metro e sessenta.

Mas seus olhos são negros e os meus, verdes.

Continuo:

– Gosto da escola, mas me amarro mais em me espichar na frente da televisão com uma panela de pipoca no colo. Principalmente quando passa um daqueles filmes debiloides sobre adolescentes otários.

Fulana solta uma risadinha e comenta:

– Acho que as pessoas de verdade são ainda mais bobas do que as personagens de filmes.

– Meu professor de História diz que ver televisão é a única atividade humana que a gente pode fazer 24 horas por dia, todos os dias do ano, sem aprender nada.

Minha irmã gêmea imaginária, ainda rindo, levanta da cama e dá uma volta pelo quarto. Meu quarto. Pisa em uma blusa limpinha que está caída ao lado da cama e remexe nos cadernos sobre a escrivaninha. Depois, agarra pela tromba e sacode o elefante verde de pelúcia, meu bichinho preferido.

Fico nervosa. Odeio quando mexem nas minhas coisas.

De repente, quando vou reclamar, ela desaparece. Some no ar.

Pior que um garoto, só vários deles

Sento aqui na frente do computador para escrever e minha irmã gêmea reaparece. De novo, vem do nada. Não me dá nem bom-dia. Chega muito dona de si. Tento não dar bola. Fico olhando para a tela enquanto ela caminha pelo quarto, mexendo em tudo. Só para desviar a minha atenção, garanto. Quando já estou quase explodindo de raiva, grito:

— Não dá pra você ficar quieta?

Ela crava em mim aqueles olhões negros:

— Dá. Desde que você continue escrevendo sobre a sua vida e a vida da nossa família.

— Tá bom. Senta aqui do meu lado. Enquanto eu teclo, você lê.

Ela se joga de bunda em cima da minha cama e ordena:

– Começa de uma vez!

Essa frase me irrita muito, muito mesmo. Não só a frase, mas também a entonação. Voz de quem pensa que manda. Mesmo assim, decido escrever para que ela sossegue:

– Desde que nasci, moro aqui neste prédio. Todas as minhas amigas também moram aqui. Crescemos juntas. A gente brinca desde bebê num parquinho que tem lá embaixo. Quando pequena, o que eu mais gostava de fazer era ficar no tanque de areia. Mamãe me pegava no colo e dizia: "Que bela menininha à milanesa!".

Fulana, já de pé do meu lado, arma cara de pouco-caso:

– Minha mãe, quero dizer, aquela bruxa que me criou, me chamava de "peste". A frase preferida dela era: "Sai pra lá, peste do diabo!".

Não dou bola para as palavras dela. Já na primeira visita eu tinha notado que ela era chegada a um dramalhão.

– Depois, a gente cresceu e foi se afastando. Tem umas meninas aqui no prédio que já fizeram quinze anos e se acham o máximo, adultas. As que têm a minha idade são um saco. A conversa delas é quase tão nada a ver quanto as falas das personagens da tevê. A diferença é que elas não são dubladas.

Fulana ri um pouco antes de dizer:

– Eu também morro de tédio quando estou com as minhas amigas, mas fico com elas porque deve ser pior morrer de tédio sozinha. Suas amigas gostam de conversar sobre o quê?

– O papo preferido são os carinhas da nossa quadra. Mas eu não me interesso pelos garotos que conheço desde pequenos. Não posso namorar um sujeito que vi ranhento e com uma chupeta na boca. Sem contar que, como todos os garotos com menos de quinze anos, os daqui da nossa quadra são uns perfeitos manés.

– É verdade, Leila Rosa. Uma menina com doze anos já é mais madura do que qualquer garoto de quinze. Eles são todos meio lerdos.

– As garotas dizem que sou exigente demais. Sou, sim, mas uma coisa é certa: tenho faro pra descobrir qual dos garotos é o mais sem graça...

Ela me interrompe:

– Vocês praticam algum esporte? Eu sou tarada por futebol. O meu negócio é jogar de zagueira só pra chutar as canelas das outras.

– Eu gosto de vôlei. Quase todos os dias, de tardezinha, a gente joga lá embaixo num gramado ao lado do prédio. Mal armamos a rede, os meninos surgem de todos os lados. Eles vêm pra implicar com a gente. Eu me irrito com as meninas porque elas ficam soltando gritinhos ou dando saltos enormes só pra se exibir. Se não tivesse meninos por perto, a gente se divertiria mais.

– Pior que um garoto, só vários deles – filosofa minha gêmea.

– Aí, quando escurece, eu subo pro apartamento. Se os meus irmãos já estão lanchando, eu sento junto com eles. Se ainda não lancharam, espero eles chegarem. Meu passatempo predileto é bater boca com eles nessa hora.

Entusiasmada, minha gêmea esfrega as mãos:

– Tô me amarrando em você, irmãzinha.

– Meus irmãos implicam com tudo que eu faço. Se como em silêncio, eles dizem que eu não mastigo, que engulo tudo inteiro. Se eu mastigo, eles dizem que estou ruminando como uma vaca.

– E você não reage?

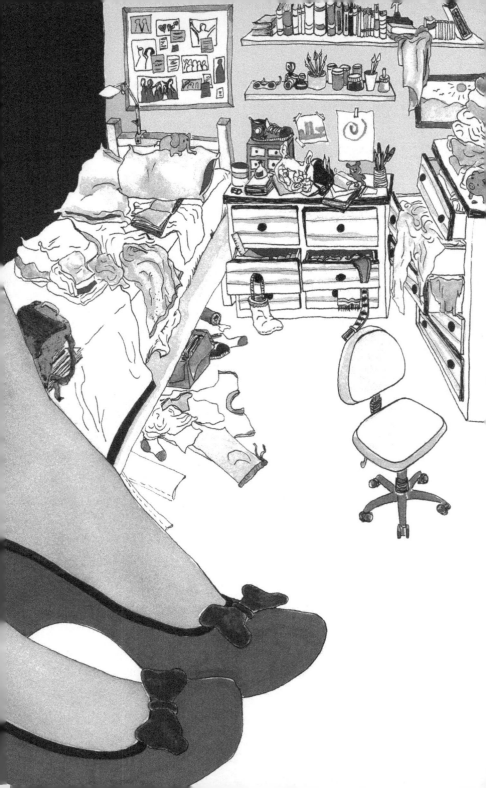

– Claro que reajo! Na hora de beber café, fico fazendo barulhos asquerosos. Glube-glube e eschulurpe! Eles ficam furiosos.

– Estou louca pra conhecer esses dois moleques!

– Às vezes, quando me atraso, acabo lanchando com o pai e a mãe. O pai só me pergunta da escola, se tô tirando notas boas, se tem algum professor pegando no meu pé ou se já tô estudando pras provas. Uma torração! A mãe só fala da baderna do meu quarto e sempre acaba o sermão desse jeito: "Tenho certeza de que não existe, em todo o vasto Universo, outra garota tão bagunceira quanto você, Leila Rosa".

– Família doida!

– Todo dia, a mãe sofre por causa do meu quarto bagunçado. Sinto remorso, mas sou incapaz de botar ordem na baderna. Olha: sempre tem esse monte de coisas espalhadas pelo chão. Se eu começo a arrumar, fica ainda pior.

Fulana se levanta, passeia pelo quarto, pisando nas minhas coisas:

– Você tem razão, Leila Rosa. Pra que arrumar o quarto se no outro dia a gente vai desarrumar de novo?

Volto a escrever:

– Não sei se todas as famílias são assim, mas a minha gosta mesmo é de bater boca. O pai discute até com a vovó Cremilda, a mãe da mãe, quando ela vem passar uns dias com a gente. Toda vez que fica brava comigo, a mãe diz: "Você puxou aos Canguçu, Leila Rosa. Ainda estou pra ver família de gente mais folgada".

– Que parentada!

– Quando fico de mau humor, o pai diz: "Tô pra ver menina mais Caldeira do que você, Leila. A família da sua mãe é uma Caldeira de rabugentos".

Cansada de escrever, eu me levanto. Olho para o lado e não vejo mais Fulana. Ela se foi sem que eu percebesse.

A mãe sempre conta que, desde que eu era bem pequenininha, eu queria ter uma irmãzinha. Sonhava com isso. Agora, já não sei mais. Essa irmã que me apareceu é palpiteira e intrometida.

Deus me deu uma família de malucos? Ótimo!

Querida irmã imaginária, por que você não tem aparecido? Eu já estava me acostumando com você, embora você viva cortando meus pensamentos com perguntas e comentários.

Volta logo!

Hoje eu vou escrever aqui uma coisa que você vai ler depois, quando voltar.

Ontem, às oito da noite, quando chegou do jornal, o pai perguntou:

— Então, crianças, fizeram o dever?

É claro que eu não tinha feito. Nem eu nem meus irmãos. Papai pergunta isso todo dia, e sempre escuta um não, vários nãos.

A gente estava reunido na sala vendo o noticiário da tevê.

— Eu me sacrificando no trabalho e vocês aqui na moleza,

esparramados pelos sofás! Tratem de fazer o dever agora, antes que eu reduza a mesada de vocês a uma cadeirada.

Papai xinga em voz alta, faz um escândalo, mas nunca fica bravo mesmo. É um ator.

Eu só faço os meus deveres no último instante, quando já deveria estar me deitando. Odeio dormir cedo. Juro que vou ser guarda-noturna quando crescer.

– Pai, se eu não fazia o dever quando era pequenininha, por que tenho que fazer agora, quando sou quase uma eleitora?

Ele nem me respondeu. Jogou o paletó no sofá, arregaçou as mangas e perguntou para a mamãe:

– Querida, o que temos hoje pra mastigar?

– Pra mastigar, temos alimentos sólidos. Pra beber, líquidos.

Quase morri de rir. Meus irmãos rolaram pelo tapete. Mamãe não é de fazer piadas. Ela só solta uma, de século em século, quando está muito brava.

– Já sei, Helena! Você está irritada porque no sábado, seu aniversário, não me lembrei de te dar um presente.

– Leonardo, eu só queria que você guardasse duas datas: a do nosso casamento e a do meu aniversário. Mas eu acho que você não sabe nem mesmo o dia em que você nasceu.

– Não dou mesmo bola pra datas. Não existem dias especiais. Todos os dias do ano têm 24 horas.

A frase dele quase matou mamãe de desgosto:

– Leonardo, às vezes eu acho que você também quer me levar à loucura. Já não bastam esses três anjinhos que vivem destruindo a casa e que não gostam de queimar as pestanas estudando?

Eu estava pensando em me meter na discussão, para evitar que a mãe acabasse chorando, quando o Bruno perguntou:

– Mãe, esse negócio de queimar pestanas não faz mal para os olhos?

Ninguém resistiu. Caímos todos na risada. Só quem não riu foi o Bruno, que ficou na dele, fazendo cara de sonso.

O Bruno, Fulana, é o nosso irmão mais novo. Ele é o que mais aporrinha todo mundo aqui em casa.

– Eu desisto – disse mamãe. – Eu me calo e aceito. Deus me deu uma família de malucos? Ótimo! Vou me dedicar totalmente a cuidar dela até o final dos meus dias.

Mamãe é assim mesmo: adora fazer drama.

Acho legal deixar a mãe de cabelo em pé

Querido computa-as-dores, por acaso você serve também para computar as alegrias?

Anteontem teve uma festinha no apartamento de uma colega de aula que estava fazendo catorze anos. Os pais dela, que são supermodernos, saíram para jantar fora e a gente ficou numa boa.

Foi uma loucura. Até aquelas garotas mais certinhas da escola ficaram agitadonas só porque não tinha adultos no pedaço.

Bom, antes de contar da festa, vou falar do interrogatório. Toda vez que vou a uma festa, na volta tenho de enfrentar uma sessão de tortura.

Mamãe se especializou em me atormentar com perguntas invasivas, mas eu sei me defender.

Ou seja, ela pergunta e eu não respondo.

– Como é que estava a festa, Leila Rosa?

– Mais ou menos.

– Tinha muita gente por lá?

– Bastante.

– Eram todos da sua sala?

– A maioria.

– Alguém desconhecido?

– Vários.

– Mais novos ou mais velhos que você?

– Sei lá! Não pedi pra ver a identidade deles.

– Nada de álcool, né?

– Teve álcool, sim – eu disse, para assustá-la. – Um garoto asmático amarrou um lenço empapado de álcool no pescoço pra cortar a tosse.

– Você dançou muito?

– O suficiente.

– Posso saber com quem?

– Com um ser humano.

– Qual o nome dele?

– Não estou autorizada a informar.

– Por acaso você viu coisas inadequadas na festa?

– Inadequadas? Como assim? Um jacaré vestindo um paletó amarelo?

– Você sabe muito bem do que estou falando, Leila Rosa! Não se faça de engraçadinha!

– É claro que não sei do você está falando, mãe! Infelizmente, ainda não sei ler pensamento.

– Estou falando de bebedeiras, drogas. Tinha alguém fumando maconha, por exemplo?

– Tinha gente fumando, sim. Mas, como não fumei, não posso dizer se o cigarro era de maconha ou não.

É claro que não tinha ninguém fumando maconha por lá, mas eu nunca abro o jogo totalmente. Acho legal deixar a mãe de cabelo em pé, meio assustada.

O tempo voa quando o papo é interessante

Bom, agora eu vou falar da festa.

Era uma festa idiota como qualquer outra festa. As pessoas gritavam e gargalhavam o tempo todo como se fosse obrigatório falar aos berros e rir. Para piorar, o garoto que cuidava do som abusava do volume máximo. Era rock, eu acho, mas não tenho certeza. Talvez fosse pagode.

O barulho era tanto que a gente não conseguia conversar. Só que ninguém estava ali para conversar. Uns ainda fingiam que estavam a fim de dançar, mas, no fundo, todos queriam mesmo era ficar, namorar, essas coisas.

A música era tão alta que bloqueava o raciocínio da gente. A vibração era tão forte que perdi o controle da minha mandíbula e nem consegui mascar o chiclete.

De repente surgiu um garoto na minha frente. Era grande o cara, enorme. Cabelo comprido que, juro, não devia ver xampu fazia muito tempo.

Falou aos berros para que eu pudesse escutar:

— Aí, gatinha, conheço você de algum lugar.

Odeio quando me chamam de gatinha. Odeio essa cantada do "conheço você de algum lugar".

— Deve ter sido no zoológico. Você não tem uma jaula privativa lá?

Ele vacilou meio segundo antes de responder:

— Não. Mas vou comprar uma ao lado da sua.

Também hesitei um pouco:

— Não conheço você. Nunca te vi nesta vida.

— Não estou falando desta vida, gata! Falo de encarnações passadas. Talvez a gente tenha se cruzado no Antigo Egito ou na Mesopotâmia.

Deixei escapar um sorriso. Como eu, ele era metido a engraçadinho. E ser meio palhaço não é pouca coisa num mundo de pessoas sem sal.

– Já imaginou o que pensaria um surdo vendo esse povo aí rebolando? – perguntou ele. – Se tirar a música, parecem todos uns gorilas com pulga.

– Pior que isso só baile de carnaval – comentei.

– Vamos procurar um lugar mais civilizado, onde a gente não precise falar gritando.

Saímos da sala e fomos para a sacada. Ali estava melhor, a gente não morria de calor nem ficava surdo por causa do barulho.

– Você é colega da dona da festa?

– Sou. E você, o que é dela?

– Nada. Vim sem ser convidado. Eu me mudei pra este prédio faz pouco tempo. Quando ouvi o ronco da festa, subi. Bati na porta e entrei. Sou um penetra.

– Penetra com esse tamanho? Você pode ser visto a um quilômetro de distância, no escuro! Não tem medo de ser expulso daqui?

– Não. Desde que não me obriguem a pular da sacada.

Ele tinha razão em fazer aquele comentário. Estávamos no sexto andar.

Bom, eu não vou escrever aqui tudo o que a gente disse ou fez no resto da noite porque isso não interessa a ninguém. Interessa só a nós dois. Falei em resto da noite mas na verdade só conversamos umas duas horas, das dez à meia-noite.

O tempo voa quando o papo é interessante.

Onde há meninos está o inferno 0.0

Querida Fulana, minha desaparecida irmã gêmea imaginária, veja como são as coisas! Você surgiu e, de cara, me encheu a paciência com perguntas sobre a nossa família. Quando comecei a responder, você sumiu. Agora, bateu a saudade. Eu já estava me acostumando com você. Se não for um sacrifício enorme, volte logo!

Bom, hoje vou escrever sobre os nossos irmãos. São dois: Daniel, que tem dezesseis anos, e Bruno, que vai fazer doze. Se a gente somasse as inteligências deles, não conseguiria um cérebro normal de um garoto de sete anos. Os dois são abobados.

Do menor, o Bruno, eu já falei aqui. O passatempo predileto dele é incomodar a humanidade toda, mas é especializado em me tirar do sério. Na verdade, eu não sei muita coisa sobre esse pirralho, porque desde que nasceu ele está sempre com a cara metida na televisão vendo desenhos ou filmes sem graça. De uns tempos para cá, deu para usar o computador do pai, mas só para brincar com uns joguinhos imbecis.

Quando Bruno tira o rosto do monitor da tevê ou do computador é para encarnar em mim. Geralmente eu me faço de morta. Acho que não é bom negócio gastar energia com garotinhos nojentos de onze anos. Só de vez em quando eu encaro uma discussão com ele.

Daniel inferniza menos a minha vida porque gasta todas as horas livres com halteres nas mãos e fones nos ouvidos. Papai diz que ele tem dois objetivos na vida: 1) construir o corpo mais deformado da cidade; 2) derreter os próprios miolos escutando, no volume máximo, a pior música disponível na praça.

Daniel tem cem quilos de músculos e está mais largo do que uma porta. Ele coloca tudo o que come numa balança e depois anota o peso num caderno. Ao lado, registra as calorias. Ele quer ser o sucessor do Schwarzenegger.

Ontem eles discutiram na mesa. Bruno encheu o saco do Daniel até que ele estrilou:

— Olha que eu vou te bater, moleque!

— Você vai me bater uma só vez.

— Por que só uma?

— Por que não resisto a dois socos seus. Morro no primeiro.

— Para de debochar! Senão, parto você no meio.

— Você vai me partir no sentido vertical ou no horizontal?

— Eu vou te enfiar o braço, micróbio.

— Só se for de dia. De noite, eu enfio uma agulha no seu crânio e depois recolho toda a sua massa cinzenta. Num dedal.

Essas discussões duram horas, mas ficam só no bate-boca. A última briga de verdade aconteceu faz uns dois anos. O Daniel, que naquele tempo ainda não era tão forte, deu meia dúzia de tapas no pequeno. Isso aconteceu de dia. De noite, quando o pai e a mãe saíram para ir ao cinema e jantar depois, Bruno se vingou.

Foi assim: primeiro, esperou Daniel pegar no sono. Aí, amarrou os braços dele na cama. Em seguida, tapou a boca do coitado com esparadrapo. Daniel nem se mexeu. Continuou dormindo porque tem um sono pesado pra caramba. Depois, devagarinho, Bruno foi empilhando em cima do irmão todos os cobertores que encontrou pelo apartamento. Uns dez.

O pai e a mãe voltaram à meia-noite. Sempre que chega, não importa a hora, a mãe nos beija e dá boa-noite. Então ela passou pelo quarto do Bruno e depois foi ao meu. Quando abriu a porta do quarto do Daniel, notou que ele gemia e se debatia. Assustada, acendeu a luz. Aí soltou um berro tremendo. Corri até lá. Daniel estava vermelho como um pimentão. Nadava em suor e ardia em febre.

Mamãe arrancou o esparadrapo que ele tinha na boca e soltou os braços dele. Depois, meteu-lhe um termômetro no sovaco. Deu uns quarenta graus.

Bruno não apareceu por lá. Fingiu que estava dormindo. O pai quis tirar ele da cama para aplicar umas palmadas, mas mamãe não deixou.

De lá pra cá, Daniel nunca mais meteu o braço no Bruno. Ele tem medo da vingança do caçula.

Não conheço nenhuma família harmoniosa que tenha meninos. Onde há meninos está o inferno.

As mães nunca deveriam tentar ajudar a gente

Meus irmãos são uns chatos.
Eles debocham das minhas roupas. Arremedam meu jeito de falar, de caminhar e de correr. E têm inveja da minha coleção de ursinhos de pelúcia.
De vez em quando, mando eles darem um passeio por aquele lugar fedorento, mas em geral eu ignoro as provocações. O meu silêncio deixa os dois quase loucos.
Mas nós três brigamos muito menos do que as Anas, que moram no apartamento ao lado.
Elas são cinco: Ana do Desterro, Ana do Socorro, Ana da Piedade, Ana da Misericórdia e Ana d'Ajuda. Sempre tem uma bronca rolando por lá. São brigas mais movimentadas porque as irmãs são mais numerosas. Às vezes, brigam todas contra todas. Voam panelas e palavrões.

Daniel quer ser professor de malhação. O Bruno quer ser promotor de Justiça, como o nosso tio Alfredo, o irmão mais velho do pai. O sonho dele é botar todo mundo na cadeia.

No domingo, quando a gente estava almoçando, o Bruno disse:

– Todas as pessoas roubam, mentem e sonegam impostos. O governo deveria botar todas elas atrás das grades.

– E você, belezinha? – perguntei. – Vai ficar de fora? É o único honesto, por acaso?

– Eu nunca roubei nada.

– Não roubou porque não teve oportunidade – disse Daniel. – Você está sempre ocupado com a tevê ou com o computador.

A mãe se virou para mim e perguntou:

– E você, Leila Rosa? O que você vai ser no futuro?

– Vou ser *top model*.

Meus irmãos caíram na risada. Bruno se engasgou com o macarrão e teve um tremendo ataque de tosse. Daniel caiu para trás, agarrado à cadeira, e quase quebrou o pescoço.

– *Top model*? Só se você for modelo de uma fábrica de enfeites pra botijões de gás – disse Bruno quando desengasgou.

– Meninos, respeitem a Leila Rosa. Ela é muito jovem e bonita. Só falta esculpir a silhueta.

As mães nunca deveriam tentar ajudar a gente. Aquele negócio de "esculpir a silhueta" me deixou numa situação ainda mais constrangedora.

Daniel não conseguiu se levantar. Ficou no chão chorando de tanto que ria. E de dor também.

Foi uma bela noite. Só mamãe não aproveitou porque ela leva as coisas ao pé da letra. Como achou que eu tinha ficado magoada com as risadas, ela disse:

– Não leve a sério o que seus irmãos dizem, Leila Rosa. No fundo, eles te amam.

E eu:

– Mãe, eu só falei esse negócio de ser manequim pra oferecer um pouco de diversão a esses micróbios.

Papai piscou o olho para mim e de dedo em riste me repreendeu:

– Não faça mais isso, Leila Rosa. Você quase me deu um prejuízo. Imagina se o Daniel quebra a cabeça! Meu plano de saúde não cobre os animais da casa.

– Para com isso, Leonardo! – mamãe estrilou. – Nunca vi ninguém se referir assim aos próprios filhos!

– E a piada, querida? Você queria que eu perdesse a piada? Nunca!

Essa é a nossa família, Fulana. Nosso pai é o cara mais gozador deste mundo, nossa mãe é a alma mais doce da Terra e nossos irmãos são os cretinos mais simpáticos do Universo.

Não troco nossa família nem por uma bicicleta importada.

Volta, Fulana!

"Família" é palavra feminina, mas não tem seio

Ela reapareceu. Está aqui agora. Chegou faz pouco tempo e não disse nada. Ficou apenas caminhando pelo quarto, pisando nas minhas coisas.

Sei que não se deve jogar coisas pelo chão, a mãe já me disse isso um milhão de vezes mas eu não consigo me controlar. Por que tenho que guardar dentro do armário uma blusa que eu posso usar amanhã? Prefiro soltar ao lado da cama. Fica mais fácil de encontrar depois. O mesmo vale para meus tênis, livros e revistas.

Nenhum adulto consegue entender isso. Meu pai, que é um pouco mais compreensivo, diz:

— Leila Rosa, você pode jogar tudo o que quiser no chão e até sapatear em cima. Mas pelo menos mantenha fechada a porta do seu quarto. Não obrigue as outras pessoas da casa a terem uma visão antecipada do inferno.

Tudo bem, tento manter a porta fechada.

Nunca dei bola para esse negócio de coisas pelo chão, mas hoje, quando Fulana começou a passear por cima das minhas coisas, fiquei brava. Pensei em xingar, mas me controlei. Afinal, ela é minha irmã gêmea. Imaginária, sim, mas gêmea. Mas daí a pisotear...

Bom, Fulana caminha de um lado para o outro se fazendo de nervosa, sacudindo a cabeça, estalando os dedos. Com certeza quer que eu pergunte se alguma coisa está errada. Não vou perguntar. Sei quando uma pessoa quer que eu faça uma pergunta a ela. Sou capaz até de descobrir exatamente qual é a pergunta. Mas nunca faço a tal pergunta. Sou do contra.

Vendo que eu não vou falar, ela para do meu lado:

— Você não cansa de ficar com esse narigão enfiado no computador?

— O meu nariz, aliás, o nosso nariz, não é grande. Ele não é lindo, concordo. É um pouco abatatado na ponta e as narinas são maiores do que eu gostaria, mas não é um narigão.

— Hoje estou nervosa.

— Melhor pra você. Pra mim, não tem nada pior do que estar tranquila.

Ela suspira fundo antes de falar, teatral:

— Leila Rosa, meu namorado acha que eu sou uma completa idiota.

— Não há nenhuma novidade nisso. Todos os garotos pensam que as meninas são patetas perfeitas.

— Não! O meu namorado é o pior de todos. Ele acha que eu sou a garota mais insossa do Universo.

Não faço nenhum comentário. Hoje não estou a fim de falar sobre namorados.

– E o nosso pai, Leila Rosa? O que ele pensa das mulheres?

– Das mulheres, em geral, não sei. Só sei que ele não gosta muito da vovó Cremilda. Ele vive dizendo: todo homem odeia sua sogra. Só os anormais são exceção.

– Que coisa horrível!

– Papai diz que sogra deveria ter só dois dentes: um pra roer osso, outro pra doer.

– Papai é um monstro!

– Não! Mas a verdade é que ele não se amarra muito na vovó.

Fulana arregala os olhos e leva a mão ao peito:

– Quer dizer que há ódio e intolerância no seio da nossa família?

Cansada do drama que ela está encenando, respondo:

– "Família" é palavra feminina, mas não tem seio.

Ela fica em silêncio, emburrada, beiçuda, magoada com a minha resposta.

Escrevo:

– Ontem, quando mamãe anunciou que vovó Cremilda iria passar umas semanas com a gente, papai perguntou: "Semanas? Por que não só uns dias?". Mamãe não retrucou. No fundo, ela sabe que o pai tem um pouco de razão. Vovó é muito chata.

– Você também odeia nossa avó, Leila Rosa?

Olho pelo espelho e vejo que ela permanece de olhos arregalados, sobrancelhas levantadas, com a mão no coração. Bem que ela poderia trabalhar numa novela mexicana.

– Gosto muito da vovó, mas ela é um pé no saco.

– Você não tem coração, Leila! Odeia nossa avó. Por isso

fica ao lado do nosso pai nessa briga?! Lembre-se: ele é um homem, é um inimigo.

– Papai não gosta da vó Cremilda porque uma vez ela xingou muito ele.

– Xingou? Por quê?

– Porque ele deu uns cascudos no Bruno e no Daniel na frente dela.

Indignada, Fulana crava as mãos na cintura:

– O quê? Cascudos? Quer dizer que ele espanca nossos irmãos?

– Nem espanca, nem bate. Os meninos eram pequenos, estavam engalfinhados, brigando, e ninguém conseguia separar os dois. Aí, o pai distribuiu uns sopapos educativos.

– Pelo amor de Deus, em criança não se bate nem com flor perfumada!

– Veja isso por outro ângulo, Fulana. Papai não bate em mim porque uma garota é um ser humano normal. Mas sacudir meninos é uma coisa aceitável, recomendável até.

– Hoje, você está intratável – diz ela e evapora no ar.

Ainda bem que ela foi embora. Estou morrendo de sono.

A arte de mendigar nos semáforos

Na esquina da nossa quadra tem um semáforo. Nas horas de mais movimento, dois ou três mendigos estão sempre pedinchando por lá. Eles vão e vêm de mãos estendidas entre os carros.

Quase todos os motoristas fecham as janelas. Uns negam com a cabeça. A maioria nem responde aos pedidos dos mendigos. É como se eles não existissem. Ou como se eles fossem parte da paisagem junto com as placas de trânsito, os prédios e as calçadas.

Há tempos eu notei que os mendigos são controlados por um homem grisalho que sempre fica sentado na sombra de uma árvore. Ele passa ordens por meio de gestos, aponta os carros que devem ser abordados.

Ontem, depois de ter dado umas voltas de bicicleta, eu sentei ao lado do homem e puxei papo. De início ele não quis conversa, mas depois falou um monte.

O nome dele é Alcino e ele comanda o trabalho dos mendigos e dos guardadores de carros no nosso bairro. Ele me contou que é "proprietário" de três semáforos e de cinco calçadas:

— Aos guardadores e mendigos, dou 30% do que eles arrecadam e, de vez em quando, também uns tabefes pra que não banquem os espertinhos. Se eu bobeio, me passam pra trás.

Quando perguntei onde ganhava mais dinheiro, ele me disse que faturava mais com os mendigos do que com os guardadores de carro:

— Semáforo me dá mais grana, garota, mas tem que trabalhar duro. Eu vou nas vilas mais pobres da periferia e contrato cegos, capengas, corcundas. Velhos e crianças. Mas todos têm que ser magricelas. Senão ninguém dá esmola. E o mendigo tem que ser muito forte. Não é qualquer um que aguenta dez horas de pé, debaixo do sol, andando de um lado para o outro, de mão estendida, fazendo cara de coitado.

Empolgado, o homem falava como um empresário orgulhoso do seu sucesso:

— Meu trabalho não é mole. Tenho que me enfiar nas vilas mais poeirentas pra achar esses mendigos. E é duro negociar com eles. Sempre querem ganhar mais do que a gente oferece.

— Mas por que eles dão uma percentagem ao senhor?

— Porque eu pago o transporte deles até os meus semáforos...

— Seus semáforos?

— Sim. Comprei esses pontos há muitos anos.

Quando eu me levantei para ir embora, o tal Alcino me disse:

— Menina, esmolar em sinal é uma arte. O mendigo precisa ser um grande ator pra comover o coração de pedra dos motoristas. Tem que ficar horas com uma expressão de fome na cara. Por isso eu só pago o lanche deles no final do expediente.

Como não estava mais aguentando aquela história, estrilei:

— Isso que o senhor faz é muito feio!

— Que feio o quê? Eu dou um emprego a eles! Pago uma percentagem decente. E vivo trocando eles de um sinal pra outro porque as pessoas não dão esmola a mendigos conhecidos.

— Isso é pura exploração!

— Tudo é exploração, menina! É assim que funciona o mundo. Um cara inventa uma forma de ganhar dinheiro e logo contrata uma pessoa pra trabalhar pra ele. Quem ganha mais é quem inventa o trabalho, claro. Se você não quer ser explorada, invente seu próprio trabalho.

Encontro com uma bala perdida

Querida Fulana, por onde você anda? Fez as pazes com seu namorado?

Você não sabe o que perdeu anteontem!

Eram seis da tarde, eu estava sozinha em casa e, de repente, o telefone tocou. Era o pai, que estava no Rio de Janeiro:

– Leila, avisa sua mãe que eu levei um tiro. Mas diz em seguida que eu não morri.

Não sei quando devo acreditar no pai. Ele vive fazendo piadas.

– Você tá brincando?

– Claro que não! Eu me encontrei com uma bala perdida. E a danada se alojou num lugar pouco honroso da minha anatomia.

– Pai, para de brincar!

– Estou falando sério. Diga pra sua mãe que uma bala me acertou na nádega direita.

– Pai, isso é mesmo verdade? Quero falar com o médico.

Ele passou o telefone. Atendeu um homem com um sotaque cheio de *erres* e *esses* arrastados, dizendo que papai tinha "meixmo" sido baleado, mas que estava passando bem porque a bala era de arma de pequeno calibre.

Papai voltou ao telefone:

– Quando a bala me atingiu, foi como se tivessem me dado um pontapé no traseiro. Caí de cara no chão.

E eu não sabia se ria ou chorava porque papai brinca até com as coisas mais sérias:

– Eu estava caminhando numa boa quando a bala perdida me encontrou. Ela pode ter vindo de um morro, de um automóvel em movimento ou até mesmo de um carrinho de bebê. Levei a mão pra trás e senti logo o sangue quente.

– Doeu, pai?

– O que doeu mais foi a vergonha de ter sido atingido na polpa da bunda. Fiquei imaginando as piadinhas que as pessoas vão fazer quando descobrirem que eu fui ferido nesse lugar. Pra disfarçar, puxei a fralda da camisa pra fora da calça.

– Que horas você foi ferido?

– Às oito da manhã.

– Mas por que só está ligando agora, seis da tarde?

– Demoraram muito pra me atender. Aqui só atendem de urgência cara que esteja com mais de cinco balas no corpo.

Final da história: hoje o pai está no sofá da sala, bunda para cima, lendo jornal.

Coleira para controlar adolescentes

Que saudade, *computer*!
Faz mais de dez dias que não massacro seu teclado com as minhas unhas roídas. Hoje, quando sentei aqui, achei que nem sabia mais escrever, mas bastou teclar as três primeiras letras para descobrir que não fiquei analfabeta.
Novidade: o irmão mais moço do pai, tio Osmar, passou uns dias com a gente. Ele é professor de Eletrônica na Universidade Federal do Paraná e veio a Brasília para uma reunião no Ministério da Educação.
Ao saber que papai tinha levado um tiro, ele perguntou:
— Você vai receber alguma condecoração pelo ferimento que sofreu na nossa guerra civil, Leonardo?
— Já que sobrevivi, vou ganhar a Grande Cruz de Esparadrapo. Se tivesse morrido, receberia o título de Cavaleiro da Ordem do Paletó de Madeira.

O pai e o tio são parecidos no físico e no temperamento: morenos, gorduchinhos e brincalhões.

Tio Osmar é o próprio Professor Pardal. Está sempre inventando geringonças estranhas.

Um dia o pai me disse:

— Leila Rosa, o Osmar ou é um louco ou é um gênio. Eu fico mais com a primeira hipótese, mas a maioria acha que ele é genial.

O sotaque do tio Osmar é esquisito: ele pronuncia corretamente todas as letras de todas as palavras. Rolo de rir quando ele diz:

— Leite quente dá dor de dente, principalmente nos dentes da frente que são mais salientes.

Tio Osmar é um baita mentiroso, mas sempre fala muito sério e compenetrado.

Numa noite dessas a gente se reuniu na sala para conversar.

— Criançada, em breve eu vou patentear minha mais nova invenção!

— Qual é a invenção da vez, tio? — quis saber o Bruno.

— Coleira pra controle de adolescentes.

— O quê? — perguntei.

— Isso mesmo que você ouviu, Leila Rosa. Coleira pra controlar adolescentes. Tirei a ideia de uma notinha de jornal. Li que as autoridades inglesas criaram pulseiras eletrônicas pra vigiar os adolescentes infratores. Aí, decidi aprimorar essa ideia...

— Aprimorar como? — perguntou Daniel.

— Decidi fazer coleiras no lugar de pulseiras. São maiores e podem carregar mais equipamentos. As minhas não servirão só pra dizer onde os jovens estão. Serão mais sofisticadas: sensores vão detectar vários tipos de crime...

– Que crimes? – perguntou Bruno.

– Bebidas, fumo e sexo! Tudo que é proibido aos adolescentes.

– Não tô entendendo nada – disse Daniel.

– É simples. Minha coleira terá sensores que reconhecerão certos odores. Tabaco e cerveja, principalmente. Se o adolescente fuma um cigarro, um sensor capta a fumaça e emite um sinal de rádio que vai até o receptor, na casa dos pais. Se o jovem bebe uma cerveja, outro sensor transmite outro sinal. Então o pai vai até o local onde está seu filho e, ali mesmo, arranca sua orelha...

– Que violência! – comentei.

– Se não quiser sair de casa, o pai pode acionar um botão que o filho leva, onde estiver, uma descarga elétrica. Pequena mas convincente.

– Que brutalidade! – critiquei.

– O senhor também falou em sexo, não foi? – Daniel esfregou as mãos, interessado. – Como funciona o negócio do sexo?

Tio Osmar voltou-se para mim:

– Haverá uma coleira mais delicada, bem mais cara, pras meninas. Uma gargantilha de prata. Será vendida aos pais que quiserem vigiar essas garotas que andam loucas pra botar em prática os vastos conhecimentos eróticos que adquirem na tevê e na internet. Quando estiverem namorando, seus pais poderão monitorar as batidas do coração delas. Quando a pulsação passar de 120 batidas por minuto, será hora de entrar em ação.

– Que coisa mais machista! – me indignei.

– Machistas são os pais dessas meninas, Leila Rosa. Eu sou apenas um inventor. O meu negócio é ganhar dinheiro!

– Dinheiro? – interessou-se o Bruno. – O senhor pretende ganhar muito dinheiro, tio?

– Claro! Em vez de vender as coleiras para a polícia, como o inventor inglês, eu vou vender direto aos pais da garotada. São milhões de pais que precisam vigiar seus filhos. E, como todo adolescente é um potencial infrator de leis, eu imagino que vou ter uma clientela imensa...

Personal trainer de amasso

Fulana, morra de inveja!

Você lembra daquele cara da festa, o cabeludo metido a engraçadinho? Pois é, estamos ficando. Isso mesmo, ficando. Já faz uns dez dias. É por isso que eu quase não tenho escrito.

Hoje vou contar um monte de coisas. Aliás, eu já sei que de madrugada você vem aqui, liga o computador e lê tudo o que eu escrevo. Abelhuda!

O verdadeiro nome dele é Kaê. Ele sempre tem que explicar:

– Kaê com k e acento circunflexo no e.

É uma homenagem ao Caetano Veloso. Quando Kaê nasceu, o pai dele pensou em registrar Caetanoveloso, assim, tudo junto. Ele achava legal por causa do "noveloso", que lembra novelo de lã, fofura. Mas deu confusão no cartório. O escrivão não quis registrar de jeito nenhum. Aí, o pai dele foi em outro cartório, disse que Kaê era nome indígena e o funcionário caiu na conversa dele.

Nem sei por que fiquei falando tanto do nome dele, Fulana. O que interessa mesmo é que a gente está ficando. Desde quarta-feira da semana passada ele aparece lá na escola, na hora da saída, e a gente vem conversando até aqui na frente do prédio.

Kaê tem um papo superlegal. Sabe muito de música brasileira. Ele é superengraçado. A gente ri um monte e nem vê o tempo passar. Como andamos bem devagar, comecei a me atrasar.

Bom, na sexta-feira, como eu estava muito atrasada para o almoço, a mãe desceu até a portaria. Quando saiu do elevador, deu de cara com a gente, conversando de mãos dadas. A mãe quase morreu de susto. Fez meia-volta, entrou de novo no elevador e subiu.

— Coroa estranha — disse Kaê. — Parece doida. Fez meia-volta no ar.

— É minha mãe.

— Foi mal — disse ele, todo sem jeito.

— Não tem problema. Vou subir pra falar com ela.

Quando cheguei, a mãe estava na sala, nervosa, caminhando miudinho de um lado para o outro:

— Leila Rosa, se você quer começar a namorar, muito bem. Comece. Mas pelo menos fala comigo antes. Não me faça de boba!

— Calma, que estresse, mãe! Não tô namorando ninguém.

— E aquele rapaz grandalhão? É seu *personal trainer* de amasso?

– Amasso? Eu, hein? A gente só estava de mãos dadas. Ele é um amigo.

– Um amigo? Eu vi o brilho dos seus olhos, Leila Rosa. Olhos não brilham daquele jeito quando a gente conversa com um amigo. Se você quer namorar, namore aqui em casa. Convida o rapaz pra subir.

– Mãe, não existe mais esse negócio de namoro. E eu não vou fazer ele pagar esse mico de vir aqui em casa.

Um marceneiro para reforçar as pernas do sofá

Anteontem convidei o Kaê para subir e ele aceitou.

A mãe e os meninos estavam comendo na copa. O pai quase nunca vem almoçar em casa.

Sentamos no sofá da sala, coloquei uma música e ficamos conversando.

De repente, quando eu vi, a gente estava se beijando.

Não foi beijo de cinema, não. Foi só um selinho muito do mixuruca, rápido. Mas demos o maior azar.

No momento em que a gente estava começando a se beijar, o pai abriu a porta e deu de cara com a cena. Flagra total.

Que zica! Era o primeiro beijinho.

Eu quase morri. O meu coração, que estava estourando, parou na hora. O ar que eu tinha nos pulmões empedrou. Kaê ficou da cor de um morango maduro.

O susto que o pai levou não foi menor. Ele passou rapidamente por nós e gemeu alguma coisa.

Quando se recuperou, Kaê disse:

– Seu pai deixou cair um "oi" que mais parecia um "ai".

Sem clima pra namorar, ele se levantou e foi embora. Até esqueci de dar um beijo de despedida.

Sem fazer barulho, fui até a copa. Só o pai e a mãe estavam lá. Os meninos já tinham ido cada um para seu quarto. Escondida atrás da porta, ouvi o pai discursar:

– Aquele sujeito estranho, cabeludo, não tem menos de um metro e noventa nem menos de cem quilos! E não estava sentado. Não, ele estava praticamente arriado sobre a Leila Rosa! Na minha casa, nas minhas barbas!

– E daí, Leonardo? Você queria que eles estivessem se amassando lá na portaria, na frente de todo mundo?

– Passei muito talco no bumbum dela... Minha filha única estava engalfinhada com um urso. É demais!

Não aguentei aquilo. Entrei na cozinha falando:

– Se você não tivesse passado pela sala feito um foguete, eu teria apresentado o Kaê.

– Belo nome...

– Não zoa, pai!

– Kaê? É chinês?

– Não interessa! – gritei.

Toda vez que eu tento discutir com o pai, ele fica zombando. Ele sabe tirar a gente do sério. Sempre me deixa muito irritada.

– Pai, mesmo que você não queira, a gente vai continuar ficando.

– Ficando o quê?

– Ficando e pronto.

– Ele vai continuar a frequentar a nossa sala?

– Vai.

– Que idade tem o meliante?

– Dezesseis.

– E qual é o peso dele?

– Não interessa! – berrei.

A mãe se colocou entre nós a fim de acabar a discussão:

– Leonardo, esses garotos de hoje, criados a iogurte, são enormes.

O pai suspirou fundo:

– Helena, contrate um marceneiro e mande ele reforçar as pernas do nosso sofá.

Acontece que meu biorritmo é diferente (;‒＿‒)

Fulana, fica bem quietinha que eu vou te contar tudo o que aconteceu nas últimas semanas.

Ela senta na cama e fica sacudindo as pernas. Minha gêmea é a garota mais irritante do mundo.

– Você sabe quem andou por aqui e foi embora ontem? O tio Demóstenes, irmão da mãe. Ele veio prestar um concurso público e acabou ficando uns dez dias. A mãe não queria que ele fosse embora, mas o tio se foi porque o pai vive implicando com ele. O pai, aliás, gosta de contrariar todas as pessoas da família da mãe.

Já quando a gente estava indo apanhar o tio no aeroporto, o pai comentou:

– As pessoas geralmente se destacam por uma característica marcante. O seu irmão, Helena, não. Demóstenes tem várias qualidades. Primeira: ele fala mais empolado que vereador de cidadezinha. Segunda: não morre de amores pelo trabalho. Terceira: dorme mais do que a cama.

Mamãe respondeu irritada:

— O Dedé tem o direito de falar do jeito que bem quiser porque palavras raras não causam mal às pessoas. Se ele não trabalha, é porque não arranja emprego. E se dorme muito é porque não está trabalhando.

— Para com isso, Helena! O cara tem trinta anos e nunca pegou no pesado! A carteira de trabalho dele ainda está zerada. Com uma vidinha mole dessas, garanto que ele vai viver até os cem anos!

Mamãe cruzou os braços sinalizando que não ia continuar com o bate-boca.

No saguão do aeroporto, o tio deu um abraço tão carinhoso na mãe que me encheu os olhos de lágrimas. Ele é supermeigo.

Papai apertou a mão dele e lascou:

— E aí, Dedé, algum emprego em vista?

— É justamente pra obter uma colocação que eu encontro-me aqui. Vou prestar concurso público de provas e títulos pra ingressar nos honrosos quadros do Ministério da Justiça.

O pai piscou o olho para mim, debochando do jeito de falar do tio Dedé. Fechei a cara. O tio é um doce.

Quando chegamos em casa, mamãe perguntou o que o tio Dedé queria comer.

— Irmãzinha do meu coração, se você tem no seu refrigerador um modesto naco de filé, faça-me um bife acebolado. Espesso e sumarento. E, para acompanhá-lo, cairia bem uma guarnição de aspargos ou palmitos.

Quando a mãe ia para a cozinha, o pai resmungou:

– Querida, pra mim, prepare um osso. De preferência, duro!
E, emburrado, enfiou a cara no jornal.

Papai morre de inveja do jeito afetuoso com que a mãe trata o tio Dedé. É impressionante o relacionamento dos dois, sempre trocando gentilezas. Acho que poucos irmãos no mundo se dão tão bem.

Na cozinha, tio Dedé disse:

– Leonardo se irrita comigo por tudo, *fratella*. Dou razão a ele. Chego aos trinta anos ainda desempregado e sou um peso morto para a família. E ele não aceita o fato de eu não conseguir deixar o calor do leito antes do meio-dia. Acontece que meu biorritmo é diferente. Sou um notívago irremediável.

– Noite o quê, tio?

– Notívago, Leila Rosa, é o ser que gosta de deambular à noite...

– Deu o quê, tio?

– "Deambular" é o mesmo que caminhar, passear... Deito-me tarde da noite também porque gosto de frequentar bares. Aprecio as largas conversas sobre arte e filosofia. Tenho alma de poeta.

Sem plateia, as pessoas brigam menos

No dia seguinte, na hora do almoço, tio Dedé pediu emprestado o carro da mãe:

— Cara Helena, empreste-me o seu veículo automotor para que eu possa percorrer esta esplêndida urbe, desfrutando do traçado revolucionário de Lúcio Costa e embasbacando-me com a fascinante arquitetura de Oscar Niemeyer.

Papai se intrometeu na conversa:

— Mas você não vai prestar um concurso, Dedé? Não seria melhor você enfiar a cara nos livros?

Titio acabou de mastigar seu bife de filé, levantou-se e, sem responder, foi ao quarto trocar de roupa.

Em voz baixa, mamãe disse:

— Dedé precisa relaxar de vez em quando, Leonardo. Ele estuda muito.

– Não minta pra você mesma, Helena! Seu irmão é um preguiçoso.

– Preguiçoso? Você não tem pena dessa geração que não arranja emprego? Não tem emprego para os jovens. Eles se formam e não aparece trabalho pra eles!

– Mas seu irmão está formado há sete anos!

– E daí? São os sete anos de vacas magras dele.

– Por que ele não procura emprego nos classificados do jornal?

Mamãe bateu com o copo na mesa:

– E você, Leonardo, por que não aproveita que está um belo dia de sol e vai pentear macaco?

Tio Dedé me fez um sinal e eu saí do apartamento junto com ele. No elevador, ele me disse:

– Sozinhos em casa, seus pais não discutirão mais, Leila Rosa. Você sabia que, sem plateia, as pessoas brigam menos?

Na portaria do prédio, a gente se despediu. Fiquei vendo ele se encaminhar para o estacionamento. Duas mulheres olharam discretamente para ele. Tio Dedé é muito bonito. Tem trinta anos mas parece um menino de vinte. Tem cabelo encaracolado, castanho-claro, lindo! Alto e atlético, ele anda sempre bem-vestido.

Quando voltei à sala, o pai estava dizendo:

– Reconheço, Helena, que seu irmão é um rapaz muito esforçado, sim. Já fez mais de cem concursos públicos. Um dia ele passa. Só espero que seja ainda neste milênio.

Antes que a mãe retrucasse, eu me intrometi:

– Se é pra ele continuar alegre e carinhoso, eu prefiro que tio Dedé fique desempregado pra sempre.

– Exatamente, Leila Rosa. Ele está sempre de bom humor

porque não trabalha. Se trabalhasse tanto quanto eu, seria tão mal-humorado quanto eu.

– Não é por causa do trabalho que você é mal-humorado, Leonardo. Desde menino você é emburrado, ranzinza e resmungão. Sua mãe me contou.

– Chega, chega! – eu cortei. – Vamos mudar de assunto.

Odeio quando o pai e a mãe discutem. Sempre acabo entrando no meio da discussão e mandando os dois fecharem a matraca. E não é que eles me obedecem?

Um verdadeiro corpo a corpo eleitoral

Ainda agora, quando entrei no meu quarto, encontrei Fulana de pé ao lado da minha cama.

De braços cruzados e batendo o pezinho. Com as sobrancelhas levantadas, ela espichava os olhos para a tela do computador.

Compreendi na hora que ela não queria que eu continuasse a escrever sobre o tio Dedé. Pois lá vai!

A mãe teve que insistir muito para que o tio ficasse mais uns dias com a gente depois da última prova do concurso. Ele queria ir embora logo, chateado com a implicância do pai. Mas acabou ficando porque não recusa nenhum pedido da mãe.

Foi uma semana superlegal. A mãe, o tio e eu passeamos bastante e o pai não incomodou muito a gente.

No domingo, o pai se levantou furioso porque havia eleição e ele teria de trabalhar o dia inteiro. Cedinho, a gente estava tomando café quando apareceu o tio Dedé.

Papai levou um susto:

– O que é isso, Dedé? Acordado a esta hora? Um terremoto sacudiu sua cama?

O tio não respondeu.

– O que aconteceu com suas roupas, Dedé?

Titio estava de tênis, calça *jeans* desbotada e uma camiseta com a estampa do Che Guevara.

– Cadê o sapato lustrado, Dedé? Cadê sua camisa de linho?

– Estou partindo para o corpo a corpo nas ruas. Vou realizar o imprescindível trabalho de boca de urna. Na reta final da eleição, vou juntar-me aos trabalhadores para enfrentar o poder econômico.

– Aos trabalhadores! Mas nunca na sua vida você moveu uma só palha, Dedé!

Tio Dedé não respondeu, mas eu notei que ele ficou magoado. Por baixo da mesa, dei um baita pisão no pé do pai, que se levantou e deixou a cozinha.

– Por que seu pai é tão reacionário, Leila Rosa?

– Real o quê, tio?

– "Reacionário" é o mesmo que retrógrado, conservador.

– Não sei se ele é isso – respondi indecisa.

– Seu pai é um trabalhador de classe média. Numa eleição ele deveria estar ao lado dos mais humildes e não dos poderosos.

Não respondi, embora eu ache que meu pai, se tem lado, está com os mais humildes.

Mais tarde fui até o colégio da esquina. Havia um milhão de pessoas votando por lá. Bilhões de papéis de propaganda sujavam o piso. Na rua, os carros buzinavam e as pessoas agitavam bandeiras. Os policiais ameaçavam prender quem fizesse boca de urna na porta do colégio.

No fim do dia, já escurecendo, papai voltou cansado e irritado. Jogou-se no sofá e ficou assistindo ao noticiário sobre a eleição.

Como o tio Dedé não chegava nunca, a mãe foi ficando preocupada. Ela queria que o pai telefonasse para a polícia, para os hospitais.

Perto da meia-noite, tio Dedé apareceu.

Estava com a cabeça enfaixada e um olho roxo, a camiseta rasgada e a calça suja de poeira.

Mamãe deu um grito e voou em cima dele para abraçá-lo.

Venenoso, o pai disse:

— Vejo que o seu corpo a corpo foi pra valer, Dedé.

— É isso mesmo, Leonardo. Pratiquei boca de urna na periferia miseranda. Tomei sol, chuva e cacetada da polícia. Até curti umas horas de xilindró. Mas sinto-me orgulhoso de ter, literalmente, lutado pelos menos favorecidos.

— Irmãozinho, você está com fome? Quer um lanchinho antes de deitar?

— Que lanchinho, Helena? O valoroso defensor dos trabalhadores merece um prato de arroz e feijão.

— Então você quer jantar, Dedé? — insistiu mamãe.

— Claro, maninha. Prepare-me uma salada leve, de aspargos ou palmitos, e um bifinho de filé.

Papai soltou uma gargalhada:

— Seu irmão, Helena, luta como trabalhador mas janta como milionário.

Um visto para conhecer o Pateta

Ontem à noite Fulana estava mais agitada do que nunca. Primeiro falou pelos cotovelos sobre política. Depois começou com as insinuações. Estava louca para saber como anda o meu relacionamento com o Kaê, mas não foi direto ao assunto. Ficou ciscando:

– Quais são as grandes novidades?

– A grande novidade é que um dos nossos vizinhos do quarto andar apareceu em todos os noticiários da televisão.

– Grande coisa, Leila Rosa! Hoje em dia qualquer um aparece na televisão. São mais de cem canais na tevê a cabo.

– Ele é conhecido como seu Tupi. Diz que é funcionário público aposentado mas o pai descobriu que ele vive mesmo é de emprestar dinheiro a juros.

– Não quero saber da história do seu Tupi! Escreva sobre sua relação com o Kaê!

Não dei a mínima bola pra ela:

– Eu estava vendo uma série americana sobre adolescentes nerds quando veio aquela musiquinha chata do plantão. Olhei pra tevê e quem eu vi? Seu Tupi ameaçando se jogar da torre de tevê, que é alta pra burro. Aí, um repórter foi até onde ele estava pendurado, na beirada do mirante, e fez uma entrevista. Seu Tupi contou que a embaixada americana tinha negado o visto pra ele visitar os Estados Unidos. Ameaçava se jogar caso a embaixada não mudasse a decisão. Estava desesperado. Em volta dele havia vários cinegrafistas e fotógrafos de jornal, ansiosos para que ele saltasse. Seu Tupi gritava: "Se não posso conhecer Miami, é melhor morrer!".

– Morrer por Miami, que coisa mais brega! – comentou Fulana. – Se fosse Paris, tudo bem!

– De repente chegou a Polícia Militar. Dois soldados pegaram seu Tupi na marra. Dentro do elevador da torre, seguro pelos policiais, escoiceando, ele gritou: "Americanos racistas, não me deram o visto porque sou moreno!

– Grande história! – disse Fulana, desinteressada. – Isso acontece todo dia. Americanos não gostam de dar visto pra brasileiros porque acham que todos nós queremos ser lavadores de pratos na terra deles.

Olhei para ela e perguntei:

– Quem te disse isso?

Quando ela ia responder, o pai surgiu na porta:

– Trate de dormir, dona Leila! O que a senhora está escrevendo aí de tão importante?

– Escrevo sobre o caso do seu Tupi...

– Ah, pobre homem! Tão interessado na alta cultura americana! Pena que, sem visto, não vai visitar o Mickey, o Pato Donald...

Fulana e eu rimos. Eu soltei uma risadinha ligeira, mas ela teve um tremendo acesso de riso. Jogou-se na cama e se contorceu toda.

Papai continuou:

– Tadinho do seu Tupi! Vai morrer sem conhecer sua alma gêmea, o Pateta.

Dando um adeus à vida de pobre

Esta semana está sendo agitadíssima aqui no nosso prédio.

Primeiro teve o caso do seu Tupi. Depois aconteceu uma coisa muito engraçada mas triste ao mesmo tempo.

Num apartamento de canto, no segundo andar, mora dona Antonina. Ela é professora aposentada e tem uns sessenta e poucos anos. Teve só uma filha, que já casou e saiu de Brasília. Dona Antonina tem a mania das loterias. Joga em todas.

Toda vez que tem sorteio acumulado da Mega-Sena, ela escuta a rádio que transmite o resultado. Ontem, quando o locutor acabou de ler os números, ela estava baratinada. Eram os números dela! Os números em que ela aposta faz anos!

Nervosa, ela ligou para o marido, seu Andrade, que é fiscal da Secretaria de Saúde. O comprovante do jogo estava com ele. Seu Andrade tinha saído para uma fiscalização. Ela tentou o celular dele mas o aparelho estava desligado.

Dona Antonina continuou escutando a rádio para saber o número de ganhadores.

Lá pelas tantas, o locutor anunciou que o ganhador do sorteio era um só, morador de Brasília. Aí, a pobre mulher quase enlouqueceu.

Apesar da certeza de estar milionária, ela queria conferir o volante. De dois em dois minutos, ligava para a Secretaria de Saúde e para o celular do seu Andrade.

Pelas seis da tarde ela desceu até a portaria do prédio para esperar o marido, que sempre chega às seis e meia.

Como ela estava muito nervosa, caminhando de um lado a outro, eu e o porteiro puxamos assunto. Então ela nos contou que tinha ganhado a Mega-Sena.

Nós procuramos acalmá-la, mas ela não sossegou. Falava sem parar. Disse que ia comprar uma mansão, um carrão e que viajaria imediatamente para Paris:

— Eu não queria fazer tantos planos sem ter o volante premiado nas mãos, só que não consigo me controlar. É muita angústia. Onde está o Andrade, que não dá as caras?

— Ele já vai chegar — disse o porteiro. — Com o comprovante.

— Aposto nesses números há sete anos. Toda semana, religiosamente, mando o Andrade fazer o jogo. Finalmente minha persistência está sendo recompensada. Uma bolada de quinze milhões! A primeira coisa que vou comprar é uma mansão com cinco suítes e uma piscina.

— A senhora não quer tomar um chá lá em casa? — eu ofereci.

— Não. Não sossego enquanto o Andrade não chegar com

o volante. Sabe, às vezes o digitador erra um número. Por maldade do Capeta. Eu tenho medo é do Tinhoso.

– Isso pode mesmo acontecer – comentou o porteiro.

– Não! Isso não vai acontecer – reagiu dona Antonina. – A única ganhadora de Brasília sou eu mesma. Jogo há sete anos. Não tem erro.

Ela disse aquilo e subiu de volta ao seu apartamento.

Fiquei na portaria esperando seu Andrade.

De repente começaram as explosões no estacionamento do prédio. O porteiro e eu corremos para lá. Já tinham se espatifado no chão um DVD e uma televisão. Dona Antonina estava jogando suas coisas pela janela. Vi quando ela arremessou o aparelho de som.

Eram seis horas e vinte. Começou a juntar gente no térreo. Eram pessoas que chegavam do trabalho.

– É um chá de despedida – explicou o porteiro. – Dona Antonina está dando um adeus à vida de pobre.

Nesse momento, chegou seu Andrade. Quando viu que as coisas vinham da janela do seu próprio apartamento, ele gritou:

– Deu a louca na Antonina!

– Parabéns! – o porteiro abraçou seu Andrade. – O senhor agora é um milionário! Sua esposa ganhou sozinha a Mega-Sena!

– Mega-Sena? – perguntou seu Andrade, atarantado.

– É isso aí! – continuou o porteiro. – Os números de dona Antonina saíram hoje!

– Mega-Sena? – repetiu seu Andrade, pálido, voz sumida. – Justo na semana em que me esqueci de jogar?

Ajudei a segurar seu Andrade, desmaiado, para que ele não se esparramasse na calçada, e disse para o porteiro:

– Corre! Segura dona Antonina antes que ela comece a jogar os móveis!

O porteiro subiu pelas escadas e teve que arrombar a porta para entrar no apartamento. Pela janela da área de serviço, dona Antonina estava começando a atirar as panelas.

Rolando a deprê

Hoje vou me confessar, Fulana.

Não escrevi nada nas últimas noites, embora você estivesse por aqui. Não estava a fim. Não me comovi com a sua cara de cachorro abandonado. Eu só escrevo quando quero e sobre o que quero.

Eu sabia que você queria que eu escrevesse sobre o Kaê. Bem, hoje vou fazer o que você quer. Mas não vou escrever diretamente, como você gostaria. Vou contar apenas o diálogo que tive com a mãe no domingo. Foi assim:

— Algum problema, filha?

— Deixa rolar.

— Você não come direito há dois dias!

— Não esquenta!

— Já sei. O Kaê. O namoro acabou?

– Namoro? Que conversa chata, mãe. A gente só estava ficando.

– Entendi. Acabou.

– Desencana, mãe!

– Qual foi o problema? O que foi que ele fez?

– Nada. De repente, sujou.

– Sujou, como assim? Como foi?

– Eu disse uma frase podre, ele disse outra. E bum!

– Explique-se melhor!

– O relacionamento explodiu, mãe! Ele teve a cara de pau de me dizer assim: "Leila, no meu terreiro quem canta é o galo". Aí, mandei ele cocoricar em outro galinheiro.

– Tão garoto e já tão machista! Mas por acaso ele não estava brincando, Leila Rosa?

– Se estava, dançou. Não aceito esse tipo de atitude.

– Não seja tão radical. Acho que foi só uma piadinha.

– De mau gosto.

– Você é que sabe, Leila Rosa. Se acabou, acabou.

– É, mãe. Mas eu estava a fim dele.

– Se estava a fim, por que rompeu?

– Sei lá. De repente, a gente diz uma frase idiota e depois não consegue voltar atrás. O Kaê é um carinha maneiro.

– Maneiro? Por que ele falou aquele negócio de galo pra você?

– Sei lá! Acho que entrou numa *nóia*.

– *Nóia*? O que é isso, um tipo novo de droga?

– Qualé, mãe? Ele entrou numa paranoia.

– Ah! Ficou desconfiado, é isso?

– É. Achou que eu estava ficando com outro carinha.

– Ciumento, ainda por cima, é?

– Eu é que errei. O lance começou assim. Uma hora eu

disse pra ele: "Deixa rolar, Kaê. Se um dia eu quiser ficar com outro carinha, aviso você antes".

— Quer dizer, então, que foi você que começou a discussão, Leila Rosa? Eu já estava adivinhando. Conheço você muito bem! Qual foi a reação dele?

— Ele riu naquela hora mas eu senti que ele ficou bravo. Depois tentei desconversar mas ele entrou na maior deprê.

— De o quê?

— Depressão. E falou aquela frase do galo. Riu mais um pouco mas foi embora logo. Saiu chutando pedra.

— Não xingou você?

— Xingou nada! Matou no osso do peito. Mas vazou daqui de casa sem dizer tchau. Faz dois dias que não me liga.

— E você, ligou pra ele?

— Claro que liguei. Eu não estava pensando mesmo em ficar com ninguém. Só falei aquilo por falar, pra causar ciúme nele.

— Adolescentes... Sempre armando confusão onde ela ainda não existe! E ele, como reagiu ao seu telefonema?

— Disse que precisa dar um tempo.

— Tempo pra quê, minha filha?

— Pra pensar no nosso relacionamento. Acho que ele amarelou.

— Que negócio é esse de amarelar?

— Ficou com medo de que eu troque ele por outro cara.

— E você, topou esse negócio de dar um tempo?

— Claro! O Kaê precisa.

— Não sei, não. Eu, se fosse você, aproveitava a ocasião e mandava esse garoto pastar. Ele é risonho demais para o meu gosto. Está sempre de piadinhas. Ele é um bolha.

— Bolha? Que gíria mais velha, mãe? O cara é fera. Supersensível. Fez até uma música pra mim.

– Uma música?

– É, ele tem uma banda de rock. Até cantou um trechinho da música pra mim no telefone.

– Eu, por acaso, poderia saber o nome dessa música, Leila Rosa?

– "Rolando a deprê".

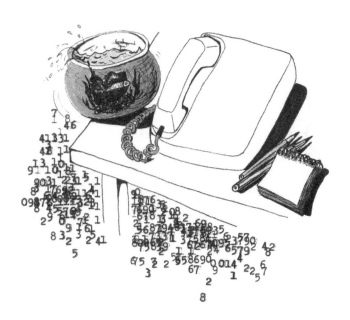

O mocinho vencerá
X_X e os bandidos morrerão
crivados de bala

Sumida Fulana, hoje vou escrever uma história para você.

Mas, antes, preciso dizer que ando com saudade das suas caminhadas por cima das minhas coisas. Desde que escrevi sobre minha briga com o Kaê você sumiu. Por quê?

Apareça para bater um papo.

Bom, domingo fui almoçar na casa da Luciana. Ela é a minha melhor amiga na escola. A gente gosta dos mesmos programas de tevê e das mesmas músicas. Também adoramos falar mal das mesmas garotas.

Depois do almoço, eu e ela fomos para a varanda. Cada uma se acomodou numa rede. Então, eu comecei a contar para ela, tim-tim por tim-tim, a minha briga idiota com o Kaê. De repente ouvimos um barulho seco. Pá! Era como um galho de árvore se quebrando.

– Entrem! – gritou o pai de Luciana. – É tiro!

Corremos para a sala, onde estavam os pais de Luciana. Seu Zé é um gordinho risonho, dona Ana é uma magrona azeda.

Olhando pela janela, vimos um garoto de uns quinze anos, descalço, sem camisa, correndo feito louco pela rua. Atrás dele vinha um policial militar de revólver em punho.

– O garoto corre mais que diabo fugindo da cruz – comentou o pai de Luciana.

– Sai da janela, Zé! – berrou dona Ana.

A Luciana e a mãe dela se agacharam atrás de um sofá, mas eu e seu Zé não desgrudamos da janela. Eu estava com medo, claro, mas não conseguia deixar de observar aquela perseguição.

– É injusto – disse seu Zé. – O coitado do policial tem que carregar aquele barrigão enquanto o garoto é magro como um galgo.

Sempre correndo, o policial gritava e o garoto respondia. Trocavam xingamentos. Quando chegaram mais perto, escutei o policial dizer:

– Vou te acertar, vagabundo!

Seu Zé comentou:

– Aposto que não acerta.

Como se tivesse ouvido aquilo, o policial parou de correr, mirou e atirou. Fez três disparos contra o garoto, que correu meio agachado, fez umas firulas e sumiu num estacionamento de carros.

Ofegante, o policial guardou a arma no coldre.

– Vocês bem que podiam ter levado um tiro – disse dona Ana saindo de trás do sofá.

A voz dela soou como se ela tivesse mesmo torcido para que um de nós tivesse levado um balaço.

Seu Zé virou-se para mim e perguntou:

– E você, torcia pra quem? Para o guarda ou para o garoto?

– Como assim?

– Na sua idade, eu torcia para os bandidos. Via os filmes de caubói e torcia para os índios.

– Hoje não tem mais filme de caubói – disse dona Ana.

– Mas tem filme americano – retrucou seu Zé. – E todo filme americano tem bandido e mocinho. Eu quase não vou mais ao cinema, mas, se fosse, continuaria torcendo para os bandidos.

– O pai é preconceituoso – disse Luciana. – Ele não vê filme americano.

– Não se trata de preconceito, filha. Com cinco minutos de filme, eu já posso prever o fim. O mocinho vencendo e os bandidos morrendo crivados de bala.

– Não é bem assim – insistiu Luciana. – Tem filme americano bom.

– Tudo é crime nos Estados Unidos – continuou seu Zé. – Eles não perdoam nem mesmo os assaltantes de geladeira, como eu.

– Pai, sai dessa – disse Luciana. – Filme é uma coisa, a realidade é outra.

– Para de sonhar, Zé! – acrescentou dona Ana, irritada. – Os bandidos de hoje matam sem motivo, violentam mulheres e crianças e torturam as pessoas. Hoje em dia quase todo roubo termina em assassinato.

Aquelas frases duras, assustadoras, de dona Ana encerraram a conversa. Luciana e eu voltamos para a varanda, mas ficamos muito tempo em silêncio pensando no que dona Ana havia dito.

Depois, só bem depois, eu terminei de relatar para a Luciana a minha briga com o Kaê.

Deixou na minha consciência. Se deu mal.

Prezado computa-dores, voltei!

Fazia um milhão de dias que eu não sentava nesta cadeira, mas hoje me deu uma vontade doida de escrever. Coceira na ponta dos dedos.

Eu não andava escrevendo porque Fulana não deixava. Ela insistia em conversar comigo diretamente. Não queria mais que eu escrevesse. Dizia que andava com muita preguiça de ler no monitor. E queria porque queria que eu fizesse as pazes com o Kaê. Eu dizia: "Não, nem morta". Mas a chata insistia: "Ele é um cara legal, você é que é teimosa e encrenqueira". Aí eu lasquei um sonoro "Dá um tempo!".

Ela evaporou.

Vamos à novidade.

Já faz uns dez dias que a vó Cremilda está de novo aqui em casa. Não sei se já contei que ela vive se estranhando com o pai. Não é briga de xingar, não. É como uma guerra sem tiros. Ela fala coisas que deixam o pai transtornado e ele diz coisas que irritam a velhinha.

Eles discutem por tudo. Pelos horários, por exemplo. Vovó gosta de almoçar exatamente à uma. Por isso, quando ela está na nossa casa, papai atrasa o almoço o mais que pode.

No sábado, durante o almoço, o pai disse:

– Helena, que tal uma bacalhoada amanhã?

– Se soubesse quem inventou esse peixe fedorento, eu mandava matar – retrucou vovó na hora.

Papai sabe que vó Cremilda simplesmente odeia bacalhau. Por isso, toda vez que ela está aqui, ele pede à mãe que faça uma bacalhoada.

Bem, mas a velhinha também não é moleza. Ela sabe muito bem como infernizar a vida do pai. Depois do almoço, quando eu estava saindo para ir ao *shopping*, ela me chamou e perguntou:

– Quanto você está levando pra torrar, minha querida?

Saquei que ela queria era irritar o papai, que estava espichado no sofá, lendo um jornal.

– Dez reais – eu disse.

– Que mixaria, Leila Rosa! Espere que eu vou pegar na minha bolsa uma quantia decente pra você gastar.

Papai continuou deitado, se fazendo de surdo, mas atento.

Vovó abriu a bolsa, pegou duas notas de cinquenta reais e me entregou:

– Aqui estão cem reais. Divirta-se! Coma tudo que tiver vontade! Do troco, compre uma blusinha pra você.

Eu pensei em recusar aquele dinheirão porque sabia que

vovó só estava querendo afrontar papai. Mas guardei as duas notas. Reconheço que não sou uma garota boazinha. Uma boazinha aceitaria, no máximo, uma nota de cinquenta.

Saí pensando no papai, com dó dele. A vovó recebe uma pensão muito boa do vovô. E tem uns apartamentos de aluguel. Ela nada em dinheiro, mas é mão de vaca. Só abriu a mão para tentar humilhar meu pai.

Acho que o pai ficou magoado comigo. Ele estava esperando que eu recusasse aquele dinheiro, mas não falou nada. Deixou pra minha consciência. Se deu mal.

Bom, ontem de manhã, quando a gente estava tomando café, apenas eu e ele, o pai disse assim:

– Essa velha me deixa louco. Eu ficaria feliz se ela fosse atropelada por um caminhão carregado com pedras!

O pai não devia ter falado aquilo.

O feitiço virou
contra o feiticeiro X.X

Logo depois aconteceu o desastre com vovó.

Pouco antes das dez, vovó e eu saímos de casa. A gente ia assistir à missa na igreja de Santo Antônio. Ela ia de mantilha preta na cabeça e Bíblia na mão, falando pelos cotovelos.

Por trás de nós, no alto da rua, surgiu uma mulher empurrando um carrinho de bebê. Um carrinho duplo, de gêmeos. De repente, a coitada tropeçou, caiu de joelhos e deixou escapar a barra. O carrinho despencou rua abaixo.

Foi um fuzuê geral. Pessoas que iam para a igreja saíram correndo atrás do carrinho, que logo assumiu a velocidade de um foguete, porque nossa rua é muito inclinada.

Ao escutar a gritaria, eu me virei para trás mas não tive tempo nem de gritar. Vó Cremilda recebeu uma carrada na bunda e voou uns dois metros. Pobrezinha, caiu estatelada sobre o meio-fio. O carrinho capotou e os bebês voaram. Mas não se machucaram porque caíram num canteiro de grama.

Corri pra casa, o pai pegou o carro e a gente foi para o hospital. A mãe chorava desesperada. O pai estava morrendo de remorso por ter dito aquela frase. Eu só rezava. De todos nós, vovó era a única que estava calma:

– Velha como sou, os médicos vão levar mais de um ano pra soldar os meus ossos.

No hospital, descobriram que vó Cremilda tinha fraturado o braço direito e a perna esquerda.

– Quero voltar hoje mesmo pra Araraquara – disse ela, olhando para o papai. – Com certeza lá eu vou me recuperar mais depressa.

– Não, senhora – disse o médico. – A senhora tem que ficar de repouso no mínimo uns trinta dias aqui em Brasília.

Vovó lançou outro olhar atravessado para o pai:

– Trinta dias! Morro antes disso.

Depois, já em casa, papai me disse:

– Roguei a praga. A praga funcionou. Mas funcionou ao contrário, ou seja, o feitiço virou contra o feiticeiro.

Exploração de
mão de obra juvenil ('O_o)

O mundo está parado. Nada acontece. O Kaê não liga. Umas mil vezes por dia eu penso em ligar para ele. Às vezes, agarro o telefone e disco alguns números. Paro antes de chegar ao último.

Estou morrendo afogada no meu próprio orgulho. Mas, se ele não me ligar até o final desta semana, boto o orgulho debaixo do sovaco e telefono. Se ele me der um chute, vou morrer afogada na minha própria vergonha.

Orgulho ou vergonha?

Caro computador, me ajude a esquecer o Kaê!

Caro computador, me ajude a compreender o Kaê e suas piadinhas sem graça.

Não, não. As piadas dele são engraçadas, sim.

Brigamos faz uns dois meses, uma eternidade. Por isso é que eu ando nervosa, xingando o pai e a mãe, e batendo boca com meus irmãos.

Por falar em irmãos, vou contar uma coisa engraçada que aconteceu aqui ontem de noite. Antes, porém, preciso explicar uma coisa. Aqui em casa a gente faz uma grande compra de supermercado por mês. Num mês vai o pai, no outro vai a mãe. E de cada vez vai um filho para ajudar com o carrinho. Em geral, só vamos eu ou o Bruno porque o Daniel sempre faz corpo mole. Ele odeia empurrar carrinho de supermercado. Diz que fica esgotado.

Mais de ano e o Daniel vinha escapando de ir ao supermercado. Ontem, eu me neguei a ir e o pai convidou o Bruno, que estrilou:

– Se o Daniel, que é praticamente um mastodonte, não vai, por que eu, um esqueleto, tenho que ir?

O pai não disse nada, só deixou a sala.

De repente escutamos uma barulhada no corredor. Bruno e eu corremos para ver o que estava acontecendo. Era o pai que batia de mão fechada na porta do quarto do Daniel.

Do quarto do nosso irmão mais velho saía o som de uma banda de rock. No máximo volume suportável para um ouvido humano.

– Vai ver o garoto está passando mal – disse vovó, surgindo a bordo da cadeira de rodas que usava desde o acidente. – O pobrezinho vive levantando aqueles ferros pesados.

Bastou essa frase para que o pai, que já tinha batido umas cem vezes, perdesse a paciência. Aí ele deu uma ombrada na porta, que se abriu.

Daniel estava de pé no meio do quarto levantando halteres de uns mil quilos. Ele nos olhou intrigado e berrou:

– Que invasão de privacidade é essa?

Sem responder, o pai foi direto ao aparelho de som para tentar baixar o volume. Como não achou o botão certo, arrancou o fio da tomada e disse:

– Barulho em excesso arrebenta o cérebro da gente.

– Cérebro? – debochou Bruno, que estava do meu lado. – Gente?

Vovó invadiu o quarto, cavalgando sua cadeira, e colocou-se ao lado de Daniel para enfrentar papai, caso fosse necessário.

– E esse cheiro ruim? – perguntou o pai. – Será que tem rato morto dentro do seu tênis?

– Tomei banho anteontem – defendeu-se Daniel.

– O problema, Daniel, é que pra você os dias têm 48 horas. Agora, para com essa ginástica e bota uma roupa decente que nós vamos sair!

– Roupa decente?

– Veste uma camiseta que não esteja nem amarrotada nem sebosa no pescoço.

– Vocês vão aonde? – perguntou vó Cremilda. – Posso saber?

– Vamos ao supermercado – respondeu papai.

– Mas o que é que este pobre menino vai fazer num supermercado? – perguntou vovó. – Garanto que ele não conhece as marcas dos produtos...

– Isso mesmo – disse o pai. – Ele não diferencia sólidos de líquidos porque, pra ele, tudo é comestível. Por isso, ele vai só pra empurrar o carrinho.

– Mas o pobrezinho está cansado – argumentou vovó. – Veja como ele está suando!

– Dona Cremilda, um rapaz que levanta ferros de cem quilos pode muito bem ajudar seu pai empurrando o carrinho de supermercado! Vamos, Daniel, vista-se!

– Por menos do que isso, nos Estados Unidos, um filho poderia processar seu pai – comentou vovó. – O que você vai fazer com seu filho, Leonardo, é praticamente trabalho escravo!

Papai olhou surpreso para vovó. Não estava acreditando no que ouvia.

– Logo hoje que eu ia estudar – murmurou Daniel. – Preciso ler um livro pra prova de Literatura amanhã.

– Tadinho do meu neto! Tão estudioso!

– Esse rapaz não lê nem bilhete de namorada, dona Cremilda! É mentira dele!

– Pai, agora você está ofendendo a minha inteligência! – choramingou Daniel.

Bruno soltou uma gargalhada que era um verdadeiro cacarejo.

– Por que você maltrata tanto seus filhos, Leonardo? – perguntou vovó. – Eles são adolescentes, precisam de compreensão e carinho.

Papai não respondeu. Se abrisse a boca, seria para xingar.

Achando que, com a ajuda da vovó, já tinha ganhado a parada, Daniel insistiu:

– Pai, me apresenta um argumento, um argumento bem sólido, pra que eu acompanhe você ao supermercado.

Papai balançou no ar o fio do aparelho de som:

– O argumento mais sólido que tenho é este.

De bico fechado, Daniel trocou de roupa e, depois, saiu com o pai. Mas banho, que é bem bom, ele não tomou. Nem antes, nem depois de ir ao supermercado.

O pior mesmo é festa de pré-adolescente

Hoje eu estou muito feliz.

Para não morrer de tanta felicidade, vou escrever um pouco.

Vou direto ao assunto.

Não, não vou direto ao assunto.

Vou contar uma história.

Mas nem sei por onde começar.

Então inicio com uma frase que meu pai, Leonardo de Almeida Canguçu, vive repetindo:

– Odeio festinhas de aniversário. Sempre odiei. Vou morrer odiando.

Mas minha mãe, Helena Caldeira Canguçu, ama festas de aniversário. Sempre amou. Vai morrer amando.

Ano após ano, a mãe se mata para fazer festas de aniversário para nós. Ela compra os refrigerantes, o bolo e os salgadinhos. Tudo sai do salário dela. Quando a gente era criança, ela alugava até a decoração: Homem-Aranha para o Bruno, Meninas Superpoderosas para mim e Hulk para o Daniel. Como odeia festas, o pai não mete a mão no bolso. Ele nunca deu um centavo para os nossos aniversários.

Dias atrás, irritado com a festa de aniversário do Bruno que se aproximava, o pai me perguntou:

— O que é pior, Leila Rosa? Aniversário de criança ou festinha de adolescentes?

— O pior mesmo é festa de pré-adolescente, pai. Espera pra ver o aniversário do Bruno.

— Que ser é esse, o pré-adolescente?

— Ué, pai, é alguém que não deixou de ser criança mas ainda não merece nem ser considerado adolescente.

Sábado à noite, como não tinha nada melhor para fazer, fui à festa de aniversário de doze anos do Bruno, no salão de festas do nosso prédio.

Sabendo que a festa seria um saco, convidei várias meninas da minha turma. Quando ligaram o som, nós invadimos a pista e começamos a dançar. Eu não danço muito bem, mas dou pro gasto. Só ficava imitando as meninas. Elas sabem a coreografia de todas as músicas porque vivem na frente da televisão.

Os verdadeiros convidados para a festa, meninos e meninas "aborrecentes" da sala do Bruno, ficaram pelos cantos observando a gente. Não tem nada mais envergonhado neste mundo do que gente de onze ou doze anos. Quando tinha essa idade, eu me achava a pessoa mais feia e desajeitada do Universo.

O salão de festas estava um pouco escuro. Quero dizer, tinha só uma única lâmpada. De luz negra, claro. Daquela que faz ficar roxo qualquer tecido branco.

O tempo passava e os colegas do Bruno não encaravam a pista de dança. Para tomar coragem, eles bebiam refrigerante e devastavam a mesa dos salgadinhos.

Quando cansamos de dançar, deixamos a pista para as ratazanas e saímos. Fomos para o jardim do prédio, onde estavam os meninos mais velhos. E ficamos por lá, conversando.

Com quem eu conversei? Não interessa.

Interessa, sim.

Bem, eu conversei com um cara alto e cabeludo, que tem um nome curtinho e esquisito.

Sobre o que a gente conversou?

Sobre tudo e sobre nada. Trocamos mil e quinhentas frases, mas eu, agora, não me recordo de nenhuma. Mentira. Eu me lembro de todas as 8 mil palavras que nós pronunciamos, as minhas e as dele.

Mas eu não vou repetir nenhuma delas aqui. Não vou contar nada pra ninguém. Se eu falo, as palavras saem de mim. E eu quero ficar com elas só pra mim, aqui no peito, pra não esquecer.

Mas eu estava falando da festinha do Bruno. Mais tarde a gente voltou ao salão de festas. O garoto grandão e eu fomos de mãos dadas.

A mãe estava por trás do balcão enchendo uns copos com guaraná. Ela quase morreu quando viu a gente se aproximando. Virou estátua.

— Mãe, o Kaê apareceu sem ser convidado. Ele gosta de ser penetra em festas.

A mãe falsificou um sorriso amarelo e, em vez de apertar a mão que o Kaê estendeu para ela, entregou um copo de guaraná pra ele.

Depois nós ficamos rondando a pista de dança.

Os meninos da sala do Bruno estavam de um lado e as meninas de outro. De vez em quando um menino empurrava uma menina. De vez em quando uma menina tentava dar um pontapé num menino mais abusado.

Resolvi acabar com aquilo:

– Já é quase meia-noite! Vamos dançar juntos! Daqui a pouco a festa acaba!

Aí eles começaram a se aproximar. Quero dizer, os dois grupos foram para o centro da pista. Mas não se misturaram. As meninas dançavam muito bem porque conheciam as coreografias de todas as músicas. Os meninos dançavam menos. Preferiam trocar cotoveladas e passar rasteira nos outros.

– O mundo seria melhor se só houvesse meninas – eu disse.

Kaê respondeu:

– Seria ainda melhor se todas elas se parecessem com você.

Dançamos até o final da festa.

Bom, eu não ia falar sobre o Kaê, mas acabei falando, sem querer. Por isso, paro de escrever agora.

Uma viagem de três dias com um irmão menor aporrinhando o tempo todo

Fulana, não insiste! Eu não vou falar hoje sobre o Kaê. Ponto final.

Se reatamos? Sim, reatamos.

O que a gente faz?

Bem, a gente conversa. A gente conversa que é uma loucura. Ligações de duas horas que parecem durar dois minutos.

A conta de telefone deve chegar mais alta este mês e eu vou ter que ouvir do pai. Já estou acostumada. Ele sempre me pergunta, quando chega a fatura:

— Onde vão se reunir todas essas palavras que entram pelos seus ouvidos, Leila Rosa? No seu cérebro ou no coração? Eles devem estar superlotados.

Não, eu não vou falar nem de conta de telefone nem do Kaê, como você quer, Fulana.

Vou contar o que aconteceu na noite de ontem, quarta-feira. Foi a entrega dos prêmios para as melhores reportagens publicadas este ano nos jornais da cidade.

Pode se orgulhar, Fulana! Nosso pai ganhou o primeiro lugar na categoria reportagem de turismo. Claro que o título da reportagem já tem a cara dele: "Como viajar 2 mil quilômetros com três filhos sem enlouquecer completamente".

A festa de entrega dos prêmios foi chata. A comida estava fria e era pouca. O conjunto musical que tocava lá era desafinado e tinha um repertório da era mesozoica.

– Música pra dormir – resumiu o pai.

Só fui por causa do pai. Como o Daniel e o Bruno se recusaram a acompanhar o pai e a mãe, eu tive que ir com eles. O pai estava feliz e a mãe, orgulhosa.

Quando eles foram dançar, depois da premiação, eu peguei uma cópia da reportagem premiada do pai e comecei a ler. Era um texto muito engraçado, baseado nas nossas viagens de carro ao Rio Grande do Sul quando e eu meus irmãos éramos pequenos.

As viagens duravam três dias e eram uma tortura para todos nós. Para o pai, que tinha de dirigir, devia ser um verdadeiro inferno.

Papai escreveu que o primeiro dever de um cara que viaja com filhos é comprar uma camioneta com bagageiro no teto, porque "você bota a bagagem lá em cima e fica com mais espaço interno para a garotada poder brigar à vontade".

É verdade. A gente trocava tapas e cotoveladas de Brasília a Porto Alegre.

Outra dica era colocar o filho maior no banco do carona, na frente, "porque a luta livre passa a ser praticada apenas pelos dois boxeadores mais leves".

Mamãe passava para o banco de trás e Daniel sentava ao lado do pai. Encarnava o copiloto: lia as placas da estrada, dava palpites sobre o trajeto, queria determinar a velocidade. Mesmo com a mamãe sentada no meio do banco de trás, o Bruno implicava o tempo todo comigo.

Bruno nasceu para irritar as pessoas. A simples presença física dele basta para deixar qualquer um nervoso. Mas ele não se conforma com isso. Ele também gosta de provocar.

Bruno incomodava até que eu desse um tapa ou um beliscão nele. Aí, ele abria o berreiro. Depois que a mãe e o pai ralhavam comigo, ele dormia, satisfeito. Dormia numa cama que a mãe armava para ele na parte de trás da camionete, que o pai chamava de cachorreira. Enquanto o Bruno dormia, o carro permanecia em paz.

Eu também dormia bastante. Era a melhor forma de passar o tempo. Na noite anterior à viagem, o pai nos deixava ver tevê até de madrugada, para que a gente sentisse bastante sono durante o dia.

Na reportagem, papai fala também das paradas nos postos de gasolina. Aquilo, sim, era uma loucura. Enquanto o pai controlava o abastecimento do carro, a mãe levava a gente para lanchar. Bruno gastava meia hora para decidir entre quibe ou coxinha. Na hora de ir embora, o Daniel sempre descobria que estava com vontade de fazer cocô.

A reportagem me ajudou a suportar aquela festa chata e me fez lembrar de que nada é pior do que uma viagem de três dias, de carro, com um irmão menor aporrinhando o tempo todo.

Mãe à beira de um ataque de nervos

Tenho muita pena da minha mãe. Deus lhe deu três filhos relaxados. Eu sou a pior, reconheço. Admito que sou a pessoa mais bagunceira do Universo. Sofro muito com isso, mas não consigo mudar.

Ontem, no fim da tarde, a mãe me chamou:

– Vamos até os quartos dos meninos, Leila Rosa.

Fui atrás dela. Pelos ombros caídos, saquei que ela estava muito cansada. Um dia inteiro dando aula pra adolescentes bagunceiros acaba com qualquer um.

– Estive tentando encontrar uma palavra que descrevesse bem os quartos de vocês. Como não achei nenhuma, inventei: *caortos*. Quartos-caos.

Não respondi.

A mãe me levou até o quarto do Daniel:

– Olha! Só com muito cuidado, a gente consegue abrir a porta.

Verdade. A porta estava atravancada por seis ou sete pares de tênis. Chulerentos, por sinal. Mais um *skate* e várias camisetas sujas.

Com raiva, a mãe chutou os tênis. Mas as mulheres em geral não são boas para chutar, e ela acabou pisando no *skate*. Desequilibrou-se e quase caiu de costas.

– Uma vez, quando vocês eram menores, eu pisei num patim. Levei um tombo. Tive que engessar o tornozelo.

Puxei a mãe pelo braço:

– Calma. Vamos pra sala ver televisão.

Mamãe se livrou do meu braço e deitou de costas no chão. Enfiou a perna debaixo da cama do Daniel e deu um chutão. Várias bolas saíram dali: de basquete, futebol, vôlei e futebol de salão.

Em voz baixa, para não irritar ainda mais, perguntei:

– Preciso mesmo ficar aqui?

– Sim. Pra ver o quanto sofre uma mãe de desmazelados. Olha bem pra essa cama. Em cima da colcha tem uma toalha úmida, duas camisetas sujas e amassadas e uma bermuda embolada com uma cueca.

– Ah, mãe, deixa pra lá esses meninos relaxados.

Suspirei fundo. Coitada da mãe! Estava à beira de um ataque de nervos.

– Você não precisa ser um detetive pra descobrir que esses garotos chegam a passar quatro dias sem banho. Veja a gola desta camiseta!

Virei o rosto, enojada.

– Vamos agora ao quarto do Bruno, que é pior.

– Mãe, eu preciso fazer o dever da escola! – menti.

– Depois você faz.

Passamos ao quarto do pestinha.

– Veja a bagunça que é a escrivaninha dele, Leila Rosa. Tudo empilhado. Livros, cuecas, cadernos, meias encardidas, gibis, tênis cheios de barro, álbuns de figurinhas, latinhas vazias de refrigerante. Você não acha que, se quisesse mesmo limpar essa escrivaninha, eu deveria tacar fogo nela?

– Tem o problema da fumaça, depois.

Mamãe me olhou atravessado:

– Você está zombando de mim, Leila Rosa?

– Claro que não, mãe!

Mamãe estendeu o braço por cima da escrivaninha do Bruno e depois, bem devagar, foi jogando tudo no chão.

– Deixa disso, mãe! Vamos ver televisão.

– Não, ainda tem o roupeiro. Olha! Todas as gavetas estão abertas pra que a gente possa ver que as roupas estão perfeitamente amassadas. Presta atenção no que vou fazer!

Mamãe empurrou as camisetas até o fundo da gaveta:

– Bem apertadinhas, elas cabem. Se ele, que é o dono das roupas, gosta delas amassadas, por que eu vou contrariar?

Uma lágrima rolou pelo rosto da mãe.

Passei o braço pelo ombro dela:

– Vem comigo!

A mãe se deixou levar. Estava exausta. Deve ter se aborrecido muito na escola.

– Mãe, por que você fez isso comigo? Por que me obrigou a entrar nesses quartos nojentos?

– Eu quis que você notasse o quanto os quartos deles são limpos e organizados quando comparados ao seu.

Eu gostaria de ser milionário, mas sem precisar levar pontapés

Desde pequeno, o Bruno se amarra em dinheiro.

Ontem, quando a gente estava na sala, ele puxou o assunto com o pai:

– Eu queria sair da escola.

– Por que, Bruno?

– Quero ser milionário como Bill Gates e Steve Jobs. Eles largaram a escola e ficaram ricos. Estudar pra quê?

– Ué, pra ser um bom cidadão, pra poder escolher uma profissão, ter um bom emprego, sustentar a família ganhar um salário decente, e pagar impostos, claro.

– Decente? Quanto você ganha por mês, pai?

– Isso não importa! Não ganho muito, mas, somando o meu salário com o da sua mãe, a gente tem uma renda razoável.

– Não, pai, eu não vou estudar.

– Você está me dizendo que quer ser um ignorante?

– Não. Quero ser jogador de futebol.

– Dá no mesmo! – explodiu o pai. Em seguida, respirou fundo e remendou. – Tudo bem. Não quero bombardear esse seu sonho. Você pode ser um jogador de futebol, mas nada impede que você estude.

– Pai, um jogador sempre ganha cem mil vezes mais do que um professor. Um jogador famoso ganha num mês o que você só vai ganhar em cinco, dez anos.

– Tô vendo que você é bom de matemática, Bruno. Mas a gente não escolhe a profissão pelo salário. Eu preferi fazer o que eu mais gosto na vida: escrever.

Papai abriu o jornal, disposto a encerrar o assunto, mas Bruno insistiu:

– Não tem emprego melhor do que ser jogador de futebol.

– Não sei, Bruno. Pessoalmente, eu gostaria de ser milionário mas sem precisar levar pontapés.

– Deu na televisão que os jogadores de futebol não pagam imposto.

– Não pagar imposto é crime. Você sabia disso, Bruno? A lei diz que quem ganha mais tem que pagar mais. Esse é um princípio que vigora em vários lugares do mundo. Deveria vigorar aqui também.

– Jogadores famosos também ganham muito dinheiro com propaganda.

Irritado, o pai fechou o jornal:

– Grande coisa! Toda vez que vejo um jogador anunciando um produto, eu não compro esse produto nunca mais.

– Quando se aposenta, o jogador pode ser treinador. Aí poderá ganhar ainda mais dinheiro.

— Chega de falar em dinheiro, Bruno! Se as duas coisas que você mais quer na vida são ganhar dinheiro e não estudar, eu aceito. A partir de amanhã, você não vai mais à escola. Mas vai treinar com bola quinze horas por dia. Cinco horas de manhã, cinco de tarde e cinco de noite.

— Epa! E quando é que eu vou ver televisão, navegar na internet e jogar *videogame*? Só no final de semana?

— Não! Nos finais de semana, você vai treinar futebol. Vou arranjar dois jogos pra você no sábado e mais dois no domingo. Está bom pra você?

Bruno não respondeu. Baixou a cabeça e foi para o quarto.

Eu acho, Fulana, que tão cedo ele não vai falar nem em futebol nem em dinheiro.

Um assento para ejetar crianças choronas

Por onde andou você na semana passada, Fulana? Procurando ninhos de mafaguifos?

Pois saiba que perdeu uma noitada na quarta-feira. Depois do lanche a gente se reuniu na sala para ouvir as histórias do tio Osmar, que esteve de novo aqui em Brasília.

Já contei que ele é o irmão mais novo do pai, professor de Eletrônica e metido a Professor Pardal. Ele é superengraçado quando conta histórias. Faz gestos com as mãos, muda de voz e imita o jeito das pessoas. Mata a gente de rir. Quando ele começa a falar das máquinas malucas que inventa, então, não para mais!

– Qual é o seu invento mais novo? – perguntei.

Ele sorriu de leve, soltou um suspiro profundo e disse:

– Um assento para ejetar crianças choronas!

– O que é isso, tio?

– É um aparelho que estou planejando criar. Querem que eu conte como me veio a ideia?

– Claro! – berramos todos juntos.

– Está bem. Aquela semana não começou bem pra mim. No domingo torci o tornozelo numa pelada de futebol de salão. Resultado: tive que enfaixar o pé. Na madrugada de segunda, às quatro horas, tocou o telefone. Era o meu sogro anunciando que a minha sogra seria operada de apendicite às pressas, em São Paulo. Tânia pegou um avião.

Tânia é a esposa de tio Osmar.

– Fiquei encarregado de levar as crianças para a escola depois do almoço. O passatempo delas, na mesa, é brincar de assassinato. Uma tenta estrangular a outra. Naquele dia, a Larissa quis cravar um garfo na mão do Tiago quando ele avançou no bife maior. Consegui evitar o golpe, mas acabei derrubando a travessa de macarrão, que caiu no meu colo.

Tio Osmar tem três anjinhos: Tiago, de seis anos; Larissa, de oito; e Marcelo, de dez.

– Tive que tomar um banho. Pra não molhar a faixa, enfiei o pé num saco plástico.

Essa parte da história foi das mais engraçadas porque o tio imitava os movimentos desajeitados de uma pessoa tomando banho com o pé enfaixado.

– Com muito sacrifício, me vesti de novo. O rádio da sala informava que a temperatura era de trinta graus. Então o Tiago começou a chorar. Todo santo dia ele chora na hora de ir pra escola. Berra durante todo o trajeto de seis quilômetros. Bom, nós moramos no terceiro andar, mas o nosso prédio não tem elevador. Larissa e Marcelo desceram a escada, mas o Tiago se recusou. Empacou. Então eu enfiei as três mochilas no ombro esquerdo, peguei o Tiago por baixo do sovaco e comecei a descer.

Tio Osmar é um artista. Olhando pra ele, no centro da sala, dava para acreditar que ele estava mesmo com o pé enfaixado, carregando um garoto no colo e três mochilas no ombro.

– Já no último lance de escadas, Larissa tropeçou. Desceu rolando os últimos doze degraus. Soltei no chão as mochilas e o Tiago, e peguei a Larissa no colo. Constatei uma coisa boa e outra ruim. A boa: ela não tinha quebrado nenhum osso. A ruim: ela estava berrando mais que o Tiago. No estacionamento do prédio aconteceu o pior: abri a porta e o interior do carro fervia. Os três se recusaram a embarcar. Esperei um minuto pra que o automóvel esfriasse e consegui fazer a Larissa e o Marcelo sentarem. Enfiei o Tiago à força pela porta esquerda mas ele escapou pela direita. Pedi ajuda ao porteiro, que só conseguiu agarrá-lo na garagem.

Nessa parte da história eu ria tanto que senti falta de ar.

– Suando em bicas, dei a partida. Na escola, deu-se o fenômeno inverso: não queriam sair do carro por nada neste mundo. Agarraram-se aos cintos e abriram o berreiro. Tive que pedir ajuda ao bedel pra tirar os três. A Larissa alegava dor no coração. O Marcelo também chorava, mas só por solidariedade aos irmãos menores. Quando eu estava à beira do desespero, quase começando a chorar também, me veio a iluminação. Acendeu-se no meu cérebro a maravilhosa lâmpada dos inventores. Eureca! Foi ali que eu tive a ideia genial. Um ejetor de crianças!

– Explica direito esse negócio, tio – pediu o Bruno.

– É um aparelho que só pode ser instalado num carro conversível. Quando chega à escola, o pai recolhe a capota. Aí ele aperta um botão, os cintos destravam e as crianças são jogadas pra fora do automóvel. Funciona exatamente como aqueles assentos ejetáveis de aviões de guerra. Só que as crianças, usando pequenos paraquedas, caem direto no pátio da escola.

– Isso não vai funcionar na prática... – comentou Daniel.

– Pode até não funcionar, mas na hora em que bolei essa máquina eu me senti bastante aliviado.

XP A família dos diálogos espantosos

Fulana chega para mim e pergunta:

— Se tivesse que descrever nossa família com apenas uma frase, que frase você usaria, Leila Rosa?

Penso. Penso muito. Gasto uma tonelada de fosfato até encontrar uma resposta:

— A família dos diálogos espantosos.

— De onde você tirou essa ideia?

— Primeiro, pensei assim: somos uma família de pessoas muito estranhas. Depois eu me lembrei do pessoal aqui do prédio e concluí que existem pessoas estranhas em todas as outras famílias.

— Estranhas? Como assim?

— Em todas as famílias existem garotos irritantes como o

Bruno, garotos caras de pau como o Daniel, homens brincalhões como o pai e mulheres gentis como a mãe.

Fulana fez pose diante do espelho:

— E meninas inteligentes e charmosas como nós.

— Não me interrompa! O diferencial da nossa família é que aqui, de vez em quando, sai cada diálogo que eu quase morro de espanto.

— Por exemplo...?

— Ontem teve uma conversa entre o pai e o Daniel que foi simplesmente fantástica. Daniel conseguiu provar que é ainda mais caradura do que eu imaginava...

— Conta logo!

— Foi no fim da tarde. Eu estava sentada na mesa da sala fazendo um dever asqueroso de Matemática. De repente o pai entrou. Quando colocou o paletó nas costas da cadeira, ele viu um papel em cima da mesa. Era o boletim escolar do Daniel. O pai o pegou e começou a ler. Quanto mais lia, mais o rosto dele ia ficando vermelho. De raiva. No fim, berrou:

— Daniel, vem cá!

O Daniel chegou com um halter de mil arrobas em cada mão.

O pai sacudiu o boletim e perguntou:

— Essas são notas que se apresente?

Ao ver o boletim, Daniel ficou mais vermelho do que o pai. Mas de vergonha.

Pensou um pouco antes de responder:

— Eu não estava pensando em apresentar essas notas pra você, pai. Só que esqueci o boletim em cima da mesa.

— Você tirou cinco em quase tudo, Daniel! Você tem preferência pelo número cinco?

– Não, pai. O cinco é um número como qualquer outro.

– Mas você podia ter tirado seis, que é o mínimo que um pai espera de um filho que não seja totalmente abobado ou preguiçoso. Não podia?

Daniel começou a movimentar os halteres:

– Poder, podia. Mas não tirei. Você vive dizendo que a gente precisa pensar positivamente. Quando peguei o boletim, pensei: puxa, ainda bem que não tirei nenhum quatro!

– Sete e meio é o que eu considero uma nota decente. Significa que o cara entendeu metade do que o professor falou e mais a metade da outra metade. Compreendeu, Daniel?

– Sete é um número ruim, pai. É conta de mentiroso.

– Quando eu estava no ginásio, a média exigida pra passar sem fazer exame final era oito. E eu sempre passei por média em tudo! Como é que você explica esse rosário de cincos, Daniel?

– São os novos tempos. Hoje em dia tudo é muito mais difícil.

Papai desabou numa cadeira e enterrou a cabeça nas mãos:

– Todo bimestre é a mesma coisa, Daniel. Lá vem você com um montão de notas baixas. Eu reclamo e você, com muita lábia, promete estudar mais. Mas não estuda e no bimestre seguinte repete as mesmas notas péssimas.

– Vê a questão pelo meu ângulo, pai. Você vive me massacrando, exigindo notas altas. Mas eu jamais me revolto.

– O que é que você está querendo dizer, moleque?

– Eu estou acusando você de crueldade mental, pai. De não respeitar a minha individualidade. Se eu sou o estudante do número cinco, muito bem, me aceita do jeito que sou. Pare de me torturar por causa de notas! Tenho minhas falhas, mas também minhas grandezas.

‹ 106 ›

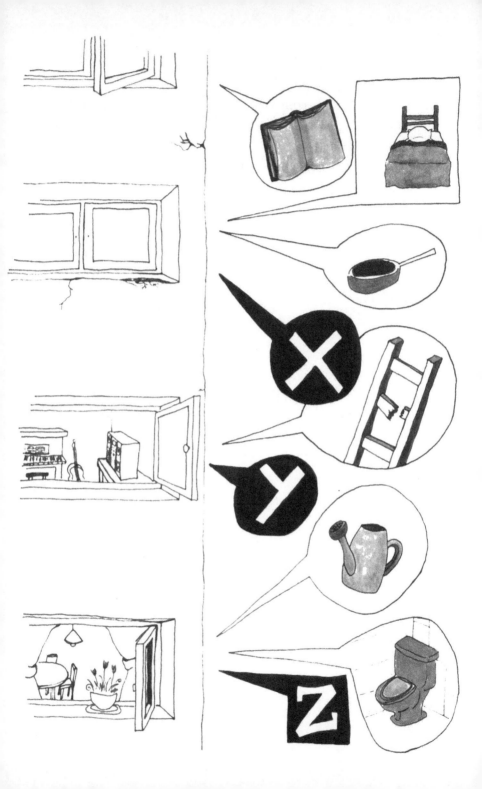

– Me dá exemplos dessa sua grandeza, Daniel!

– Eu dialogo com você, pai, e nunca perco a paciência. Nunca levanto a voz. Eu sou um jovem civilizado. Um adolescente respeitador.

– Ok, você venceu, Daniel. Eu te agradeço pelas notas cinco que me deu este mês. Mas vou ficar muito feliz se, no próximo bimestre, você conseguir alcançar média seis.

– Pai, se eu subir a média, você aumenta minha mesada?

Sem *show* de axé nos próximos seis séculos

E você, Fulana, gosta de axé? Eu odeio, mas o Bruno e o Daniel amam de paixão. Sábado teve *show* aqui na cidade. Os meninos perturbaram a mãe até que ela deu o dinheiro do ingresso.

O pai, a mãe e eu ficamos em casa vendo um filme muito bacana. Quando acabou o filme, o pai preparou uma dose de uísque e se acomodou na cadeira de balanço para ler jornal. No final de semana ele lê uns cem jornais e umas vinte revistas. De repente o telefone tocou. A mãe atendeu.

— Querido, o *show* já acabou. O Bruno e o Daniel estão esperando você no estádio.

Papai saltou da cadeira:

— Justo quando eu ia começar a beber meu uísque? Não!

Eles que venham a pé! De lá até aqui são apenas dez quilômetros!

– Leonardo, os meninos vão ficar parados debaixo de uma árvore bem alta que tem na frente da entrada principal.

Papai jogou longe o jornal.

– Hoje em dia um pobre pai não tem sossego nem na noite de sábado. Ainda nem fiz a digestão do jantar. Comi como um condenado porque, pra mim, comida tem é que pesar no bucho. Não precisa ser gostosa, tem que ser de montão. E aí, quando me preparo pra tomar um uísque, me dizem que preciso fazer uma viagem de vinte quilômetros. Por que você não botou veneno na minha comida, Helena? Eu sofreria menos.

O pai gosta de fazer cenas.

– Todos os garotos daqui da quadra foram ao *show*, querido. Os nossos tinham que ir também.

– Já que você permitiu que eles fossem, Helena, logicamente você deveria buscá-los.

– Você sabe que eu tenho um medo louco de dirigir de madrugada, Leonardo. Seja gentil!

O pai se levantou e estendeu a mão para o telefone:

– Quero falar com esses meninos, Helena!

– Não dá, Leonardo. Acabou a carga do meu celular, que emprestei ao Daniel.

Resolvi acompanhar o pai. No carro, tentei puxar conversa, mas ele, emburrado, não quis saber de papo.

Era uma da madrugada e ainda pegamos a rabeira de um engarrafamento. Um senhor engarrafamento! Calculei que estávamos a uns dois quilômetros do local do *show*. De quando em quando a gente rodava uns cinco metros e tornava a parar.

Para consolar o pai, falei:

– Esse engarrafamento não pode durar mais do que meia hora.

Grupos de garotos e garotas, a pé, passavam por nós.

– Esses são os mais espertos, Leila Rosa. Viram o engarrafamento e vieram caminhando na direção contrária pra encontrar seus pais. Os gênios dos seus irmãos, é claro, não tiveram a mesma ideia.

Sem muita convicção, eu disse:

– Fica tranquilo, pai. Garanto que logo eles vão aparecer.

– Não! Seus irmãos jamais caminham quando podem ficar parados.

O pai tem razão. O Bruno tem preguiça até de apertar o tubo de creme dental. E o Daniel, então, melhor nem falar...

– Minha filha, me diz uma coisa: numa meia-noite de sábado, um pai deveria ou não ter direito a tomar uma mísera dose de uísque?

Não respondi. Qualquer coisa que eu dissesse só ia piorar o humor dele.

Uma hora depois o carro arrastava-se cinquenta metros a cada dez minutos.

Eu estava com um sono danado, mas tentava me manter acordada para fazer companhia ao pai. Um milhão de adolescentes já tinha passado por nós, mas o Bruno e o Daniel não estavam entre eles.

Papai não falava nada. Só assobiava, batucava no volante e observava os garotos que passavam por nós.

Às duas horas em ponto chegamos à entrada principal do estádio. Vimos a tal árvore bem alta, mas os meninos não estavam debaixo dela.

Papai espichou a cabeça para fora do carro:

– Onde estarão os dois patetas?

Não pudemos parar ali porque os guardas de trânsito apitavam histéricos e faziam sinais para a gente ir em frente. Outros carros buzinavam atrás de nós. O pai rodou uns quinhentos metros, saiu da pista e estacionou o carro na grama. Voltamos caminhando até a porta do estádio.

O pai ia na frente, furioso, dando passadas de metro e meio. Eu ia atrás, meio correndo, meio tropeçando. Estava de sandálias e a grama úmida me molhava os pés e as canelas. Mas o pior era o medo que eu tinha de ser picada por uma cobra.

– Já devo ter visto mais de mil bochechas espinhentas, Leila Rosa. Mas nem sinal das duas fuças que estou procurando!

– Vamos ligar pra mãe. Pode ser que os meninos tenham conseguido telefonar pra ela.

– Boa ideia! A esta hora os malandros já podem até estar em casa, se arranjaram carona.

O pai bateu nos bolsos:

– Esqueci o maldito celular no carro!

Uns garotos passaram por nós cantando e dançando.

– Veja a cara deles, Leila Rosa. Não parece que tiveram o cérebro derretido por uma explosão de tambores?

– Será que aconteceu alguma coisa com os coitadinhos?

– Tomara que tenham sido abduzidos por marcianos!

Vimos então os dois debaixo da árvore alta.

– Onde estavam vocês, moleques dos infernos? Quando passei aqui, de carro, olhei bem pra essa árvore. Ela até me deu boa-noite. Mas vocês não estavam aqui!

– A gente ficou aqui o tempo todo – gemeu Bruno.

– O tempo todo? Mentira! Garanto que vocês saíram. Mesmo que tenha sido por um minutinho, saíram!

– Deve ter sido quando a gente foi desaguar ali no muro – explicou Daniel, constrangido.

– Pois da próxima vez façam xixi na bermuda!

É o único moleque do Brasil que sabe empregar corretamente a crase

Ando com muita peninha do nosso pai, Fulana. Aquele engarrafamento acabou com ele. Pegou uma supergripe e caiu de cama.

Tenho pensado muito nele. Não é moleza viver dando carona para os filhos no final de semana. Na volta daquele *show* ele disse uma frase que eu gravei bem: "Não tenho nada contra axé. É ótimo, mas vai melhorar quando abandonarem os tambores."

Esse é o estilo do nosso pai, Fulana. Não sei se já disse a você que ele não é como aqueles outros pais que ficam tentando meter milhões de conselhos na cabeça da gente. Quando quer que a gente perceba alguma coisa, ele faz uma piada.

Sempre foi assim. Mesmo quando éramos pequenos, ele

nos cutucava com jogos de palavras. Mas isso eu só notei agora, depois que comecei a conversar com você pelo computador. Mas ele é pai. E pai é pai. Fica sempre pegando no pé da gente. Não é um cara calmo. Por qualquer coisinha, ele esquenta. Fica bravo fácil, mas em seguida esquece a bronca. Não guarda rancor. Mas se tem um negócio que tira ele do sério é nota baixa na escola.

Ontem o pai disse para o Daniel:

– Você é um garoto muito gentil. Se eu peço que estude, você abre o livro. Abre, mas não lê. Tudo bem, eu sei que você não quer me decepcionar. Mas também sei que sofrimento é pra você abrir um livro. Por isso, admiro seu esforço. Mas eu me pergunto: se um cara abre o livro e fica com ele diante da fachada por uma tarde inteira, por que não tenta entender o que está escrito ali? Não entra na minha cabeça. Você pode me explicar?

É claro que Daniel não se explicou. Ele apenas amontoou meia dúzia de frases, e uma não encaixava na outra.

Outra coisa que deixa o pai louco da vida é som alto. E nisso o Daniel também é especialista. Um dia o pai disse assim:

– Eu sei, Daniel, que você é um rapaz muito generoso e quer compartilhar seu som com todas as pessoas do Universo, mas acontece que os meus ouvidos são ruins. Vieram com problemas de fábrica. Minha mãe me gerou com tímpanos impróprios pra ouvir um aparelho de som tão potente quanto o seu. Pergunto: será que você poderia reduzir seu som de modo que ele não prejudique a comunicação da torre do aeroporto com os aviões que estão tentando aterrissar?

Daniel, que sempre tem resposta pra tudo, argumentou:

– Mas tem gente que ouve som mais alto do que eu.

‹ 115 ›

– Sim, eu sei, meu filho. Provavelmente são garotos que têm pais, mães, irmãos e vizinhos surdos. Mas aqui em casa, parece-me, a maioria ainda ouve bem.

Daniel sempre fala bem baixinho para fingir que é educado:

– Se não posso nem ouvir meu som, o que posso fazer nesta casa?

– Leia um livro, Daniel. Qualquer um.

Papai também pega no pé do Bruno, mas bem menos, porque ele está sempre com a cara enfiada na tevê ou no computador. Problemas de nota, o Bruno não tem. Só se for problema de notas muito altas. Quase nunca aquele nerd tira menos de dez. Em redação, então, arrebenta! Ele faz umas redações tristes de tão ruins, chatíssimas, porém sem um errinho de concordância. O cérebro dele é danado para decorar regras de português. O Bruno sabe todas as cento e vinte mil regras da língua portuguesa, mais as doze mil exceções. É o único moleque do Brasil que sabe empregar corretamente a crase. Pra dizer tudo: ele é apaixonado por análise sintática.

Como a mãe, o pai implica com a minha bagunça. Ontem, parado na porta do meu quarto, ele disse:

– Imagina o seguinte, Leila Rosa. Se nós tivéssemos um gato e ele quisesse perseguir um rato no seu quarto, o que aconteceria? Nada. O gato não pegaria o rato. Por quê? Porque ou ele tropeçaria num desses tênis que estão espalhados ou enroscaria suas garras nas roupas jogadas pelo chão.

– Não tem ratos aqui em casa, pai.

– Bela resposta. O Daniel não teria uma melhor.

– Pai, jogar as roupas no chão é uma atitude sensata. Na hora de vestir a gente acha com mais facilidade. Não precisa abrir o guarda-roupas.

– Então, seu problema é com o guarda-roupas, Leila Rosa?

– Não, pai. O que eu odeio mesmo é a porta do guarda-roupas. Toda vez que eu abro, tenho que fechar depois. Dois movimentos cansativos. Se meu guarda-roupas não tivesse portas, eu não jogaria a roupa no chão. Fiz um cálculo: se uma pessoa que abre e fecha o roupeiro dez vezes por dia viver setenta anos, ao fim da vida ela terá aberto e fechado o roupeiro umas duzentas mil vezes.

– Seguindo esse seu raciocínio, Leila Rosa, a gente não deveria mastigar porque a comida vai ser mesmo digerida, depois, no estômago. Imagine quantos bilhões de mastigadas a gente economizaria!

– Também não gosto muito de mastigar, pai. Mastigar desgasta os dentes.

De vez em quando o pai faz discursos que abrangem os três filhos. É sempre na hora das refeições, justamente quando estamos com a boca cheia de comida e não podemos reagir.

– Ultimamente, prezados filhos, ando muito voltado para a filosofia. Vivo me fazendo grandes perguntas, perguntas essenciais. Por exemplo: por que um adolescente sempre volta liso de um *shopping*? Por que quando um adolescente dá de cara com uma torta na geladeira não deixa nem uma fatia fininha para o seu pai? Por que, mesmo tendo em casa um bom chuveiro com água quente, os adolescentes preferem ignorar o prazer de um bom banho?

^_^ Grandalhão, mas frágil

Ontem eu conheci o pai do Kaê.

É uma figura! Mora numa chácara fora cidade. É alto, magro e usa um rabo de cavalo pelo meio das costas. Tem olhos claros, verdes.

O pai do Kaê é arquiteto, mas não exerce a profissão. É artista plástico e trabalha como ilustrador para revistas e editoras. Faz uns dez anos ele se separou da mãe do Kaê e agora está casado com outra mulher, bem mais jovem. Com ela, teve dois filhinhos: uma menina de sete anos, que é uma gracinha, e um menino de cinco, um anjinho de verdade, com cabelo encaracolado, loirinho.

Quando o Kaê me apresentou, o pai dele disse:

– Eu sou o Tomás. Tive cinco filhos em três casamentos

mas sofri apenas um enfarte. Sou da geração rebelde. Nós queríamos mudar o mundo mas o mundo acabou vencendo. Continua o mesmo. Talvez pior.

Apertou forte a minha mão e continuou:

— Quando jovem, eu era pessimista profissional. Achava que o que estava muito ruim sempre poderia ficar bem pior. Mas nem tudo deu errado na minha vida. O Kaê, por exemplo. Cheguei a achar que ele ia acabar trabalhando na Bolsa de Valores porque, quando pequeno, só queria saber de dinheiro pra comprar bala e refrigerante. Mas agora é músico, artista... E você, veio aqui me pedir licença pra namorar o meu Kaê?

Eu não soube o que dizer.

— Concordo, desde que você cuide bem dele. O meu Kaê é grandalhão, mas frágil. É inteligente, porém confuso. Você vai precisar de paciência pra lidar com ele. O pobrezinho sempre foi uma besta em Matemática. Mal sabe fazer somas de duas parcelas mas fala bem o português e melhor ainda o inglês. Até escreve umas letras de rock. De longe, ele parece um orangotango, mas é um menino delicado. Tem alma de poeta.

Um livro muito doido,
sobre uma família estranha,
escrito por uma menina esquisita

Daqui a uma semana vou completar quinze anos.

Faz um ano que escrevo este *devezenquandário*, que agora já tem mais de cem páginas.

Como foi que consegui escrever tanto?

Sei lá. Acho que pouca gente escreve tanto quanto eu.

Por que eu escrevo?

Não sei. Só sei dizer que, de vez em quando, gosto de ficar uma ou duas horas "massacrando o teclado", como diz o pai. Diante do computador, não sinto fome nem sede.

Aliás, a gente nem sente o tempo passar quanto está concentrada, sozinha...

Sozinha, não! Em companhia de uma irmã imaginária que é muito intrometida. Mas gosto dela. Ela me ajudou muito a escrever isso tudo.

De vez em quando releio algumas coisas que escrevi aqui e

penso assim: puxa, devo ser mesmo a menina mais fofoqueira do Universo!

Às vezes, fico com um pouco de vergonha de ter escrito tantas coisas sobre a minha família, mas depois acho até legal. Tem tanta gente desinteressante neste mundo que não deve ser pecado escrever sobre uma família divertida, seus parentes e vizinhos.

Um dia, daqui a muitos e muitos anos, vou dar uma cópia deste texto para todas as pessoas da família.

O que elas vão pensar de mim? Será que vão me considerar bisbilhoteira? Talvez nem leiam o que eu escrevi sobre elas. Aliás, pouca gente lê hoje em dia.

Mas aqui em casa quase todos leem. O pai é leitor fanático. Vive com a cara enfiada nos jornais e lê uns dois livros por mês.

A mãe gosta mais de romances com centenas de personagens.

Eu leio os livros que exigem na escola e mais os que o pai me indica. Os cinco últimos que li, recomendados por ele, foram: *Vidas Secas, O velho e o mar, Fahrenreit 451, Crônica de uma morte anunciada* e *Bartleby, o escriturário*.

Faz uns dois meses, papai indicou para o Daniel um livro chamado *O apanhador no campo de centeio*. Aconteceu um milagre! Daniel, que só aguentava gibis, devorou o livro em três dias. Uma semana depois, releu. Ontem ele comprou um exemplar em inglês.

Aqui em casa quem lê menos é o Bruno.

Outro dia perguntei:

– Por que você não lê um livro decente, moleque?

Debochado como sempre, ele respondeu:

– Porque livros têm muitas páginas. São pesados. Tenho medo que quebrem meus ossos do tórax.

De repente me ocorreu uma pergunta: e se um dia eu resolver publicar este *devezenquandário*? Será que alguma editora vai topar?

Daria um livro diferente, eu acho. Um livro muito doido, sobre uma família estranha, escrito por uma menina esquisita, não é coisa que apareça a todo momento.

Bom, agora vou parar de escrever. O Kaê vai chegar daqui a pouco. A gente vai ao cinema hoje. Sozinhos.

Ontem o Kaê falou com o pai. Conversaram por uma hora na sala. Eu fiquei no meu quarto, nervosa. Lá pelas tantas comecei a escutar as risadas. Riram um monte. E eu esperando, agitada.

Quando o Kaê apareceu na porta do meu quarto, eu perguntei:

— E aí, o que achou do meu pai?

— O Diabo não é tão feio quanto dizem.

Sobre o autor

Todo livro tem uma história. A deste começou nos primeiros anos da década de 1990, quando, durante um tempo, escrevi crônicas para o jornal *Correio Braziliense.* A crônica é a jabuticaba literária. Por quê?

Ora, porque o povo diz que a jabuticaba é uma fruta que dá apenas no Brasil, e os estudiosos garantem que a crônica é um gênero literário essencialmente brasileiro.

Por viver no interior de jornais e revistas e por se alimentar preferencialmente do noticiário, a crônica teve quase sempre uma ampla maioria de jornalistas entre os seus praticantes. O texto de alguns deles alcançou tão alta qualidade que a crônica acabou sendo elevada a gênero literário, ao lado do conto e do romance.

A crônica foi usada por alguns de seus grandes autores – entre os quais destaco Rubem Braga – como uma janela aberta para o relaxamento de alguém que está lendo, no jornal, uma sucessão de crimes, desastres e patifarias. O rabugento Rubem Braga, aliás, atingia a perfeição quando falava de borboletas e passarinhos.

Ao me lançar nesse gênero (não seria ele jornalístico?), decidi que transformaria em crônicas humorísticas as notícias inusitadas, insólitas ou mesmo chocantes que lesse no jornal, e também as situações interessantes que presenciasse ou vivesse. Foi assim que nasceu a maioria dos relatos deste livro.

Mendicância, violência urbana, eleições, loteria, *shows*, concursos públicos, invenções malucas, futebol, vistos para os Estados Unidos, aniversários, quartos de adolescentes e relações familiares – todas essas catástrofes eu abordei, sempre tendo como objetivo arrancar um sorriso de uma pessoa que começava seu dia com um jornal em mãos.

Todos conhecem a lei de Lavoisier: "Na natureza, nada se cria e nada se perde; tudo se transforma".

Costumo aplicar esse princípio ao meu trabalho literário. Nunca jogo um texto fora. Porque um mau conto, tempos depois de escrito, pode ser burilado até virar uma crônica engraçadinha.

Assim, mais de dez anos depois, resolvi reunir aquelas desencontradas crônicas num livro. Mas, para que elas fossem bem alinhavadas, eu precisaria de um narrador – alguém que contasse todas as histórias mais ou menos no mesmo tom.

Eu, que já havia criado incontáveis meninos para narrar peripécias inventadas por mim, decidi procurar a ajuda de uma garota. Foi então que me apareceu a Leila Rosa.

Para que as partes narradas por ela não se tornassem maçantes, dei-lhe uma irmã imaginária, a Fulana, com a qual Leila manteria divertidos diálogos. Afinal, como todos sabemos, jovens e inquietos leitores preferem ler conversas entre personagens a suportar longas descrições ou narrações.

Depois, precisei arranjar uma família para a Leila Rosa. Bolei dois irmãos que seriam protótipos de garotos que a gente encontra hoje em dia com facilidade: o nerd e o bombado. Fabriquei um pai piadista e uma mãe carinhosa e estressada. Fechei com dois tios bizarros – um cientista maluco e um concurseiro profissional – e uma avozinha venenosa.

Pronto!

Bem, como sou obrigado a falar aqui alguma coisa sobre mim, digo que sou autor de livros para jovens porque me apaixonei pela literatura por volta dos dez, onze anos.

Assim, escrevo para mostrar a meninos e meninas dessa idade – que às vezes estão enfrentando seu primeiro livro com mais de cem páginas – que ler não mata ninguém e pode ser divertido.

Como escrevi vários livros que me deram prêmios e muita alegria, fecho esta conversa lançando um pouco de confete sobre alguns livros meus que, garanto, não mataram ninguém de tédio:

Nadando contra a morte (Formato) recebeu o prêmio Jabuti em 1998. *Ilhados* (Saraiva) venceu o Prêmio Açorianos da Prefeitura de Porto Alegre como melhor livro de contos publicado no Rio Grande do Sul em 2001. Tanto *Nadando contra a morte* como *A Cidade dos Ratos – Uma ópera-roque* (Formato) foram considerados livros Altamente Recomendáveis para Jovens, pela Fundação Nacional do Livro Infantil e Juvenil. A novela *Isso não é um filme americano* (Ática) obteve menção honrosa no concurso João-de-Barro da Biblioteca de Belo Horizonte, em 2002. Já *Clube dos Leitores de Histórias Tristes* (Saraiva) foi julgado pela revista *Veja* como o melhor livro para jovens entre dez e doze anos publicado em 2005.

Boa leitura!

Sobre a ilustradora

Meu nome é Carolina Cochar Magalhães. Desde menina penso que o Cochar, por parte de mãe, é o meu gosto por escrever. E o Magalhães, por parte de pai, é o meu gosto pelo desenho. Lembro-me do "escritorinho" de nossa antiga casa onde havia folhas enormes de papel  espalhadas, nas quais meu pai, arquiteto, desenhava e projetava, e eu não sabia se realmente gostava ou não do cheiro forte daqueles canetões que ele usava. Lá havia também muitos lápis de cor e giz pastel seco, e livros, que minha mãe professora ia adquirindo conforme o bolso. Todo aquele material me parecia ser de uma preciosidade incrível.

Eu gostava quando alguém me contava histórias, me chamava para ouvir uma música, folhear um livro ou conhecer um pouco da História de alguma civilização perdida ou escondida pelo mundo.

Lá, desde sempre, esteve a leitura. Onde houvesse o relógio da cozinha conversando "tictavelmente" com uma máquina de escrever.

Hoje sou formada em Artes Plásticas e uma curiosa investigadora no campo que escolhi.

Devezenquandário
de Leila Rosa Canguçu

Editora Saraiva

Lourenço Cazarré

■ Bate-papo inicial

Diário, semanário, anuário... Por que não um "devezenquandário"? Leila Rosa, com seus catorze anos, tem uma mania desde pequena: escreve sobre si mesma e sobre família, amigos, escola, meninos... Na busca por se expressar e descobrir o mundo, ela inventa uma irmã gêmea, Fulana, com quem divide suas dúvidas, roupas espalhadas pelo quarto (que deixam a mãe louca!), conversas com o pai, implicâncias dos irmãos e os encontros com um frágil grandalhão.

■ Analisando o texto

1. Relacione as colunas, identificando a quais personagens as descrições se referem:

(A) Kaê   (C) Daniel   (E) Bruno
(B) Pai   (D) Osmar

( ) "ou é um louco ou é um gênio. Eu fico mais com a primeira hipótese, mas a maioria acha que ele é genial." (p. 42)
( ) "O passatempo predileto dele é incomodar a humanidade toda. [...] desde que nasceu ele está sempre com a cara metida na televisão vendo desenhos ou filmes sem graça." (p. 25-26)
( ) "tem um papo superlegal. Sabe muito de música brasileira. Ele é superengraçado. A gente ri um monte e nem vê o tempo passar." (p. 46)
( ) "só me pergunta da escola, se tô tirando notas boas, se tem algum professor pegando no meu pé ou se já tô estudando pras provas." (p. 14)
( ) "inferniza menos a minha vida porque gasta todas as horas livres com halteres nas mãos e fones nos ouvidos." (p. 26)

O apanhador no campo de centeio. Você conhece essa obra? Pesquise sobre ela e, tendo em vista o perfil de Daniel, procure entender o que o fez se interessar tanto por esse livro.

■ Redigindo

15. No capítulo "A arte de mendigar nos semáforos", Leila Rosa conta sua conversa com Alcino, que controla os pedintes e guardadores de carros no bairro onde ela mora. Com base nas informações que Alcino dá a Leila Rosa, imagine-se um(a) jornalista e redija uma entrevista com ele.

■ Trabalho interdisciplinar

16. *Devezenquandário* é um registro-desabafo de uma adolescente de catorze anos que gosta de ler e escrever. Sua autora apresenta um posicionamento crítico a respeito do que observa e vive. Com a ajuda dos professores de Português, História e Geografia, pesquise sobre a adolescência. Sempre existiu o conceito de *adolescência*? A passagem da infância para a vida adulta em outros povos é vista da mesma forma que em nossa cultura? Como a literatura, ao longo do tempo, representou esse estágio?

Para qualquer comunicação sobre a obra, escreva a:

SARAIVA Educação S.A.
Avenida das Nações Unidas, 7221 – Pinheiros
CEP 05425-902 – São Paulo – SP – Tel.: (0xx11) 4003-3061
www.editorasaraiva.com.br
atendimento@aticascipione.com.br

Escola: ———————————————————————

Nome: ————————————————————————

Ano: ——————————— Número: ———————